Sommario

INTRODUZIONE

I suoi primi giorni in Canada, freddo gelido, tutte le strade bianche di neve, sembrava una cartolina, aveva sognato mille volte questo posto bellissimo ed un bel giorno decise di andarci.

Il suo nome è Merit, ha venticinque anni e si trasferì da poco in una baita di legno nel bel mezzo della foresta che i suoi nonni le lasciarono in eredità. Si trova a quaranta minuti dal centro della città più vicina, dove lavorava come infermiera nell'ospedale (fece richiesta poco tempo prima e la presero subito).

Per fortuna erano a corto di personale, ed è così che si trasferì sola con il suo gatto grigio chiamato Felis. I suoi genitori, con sua sorella, abitano nella calda e assolata Florida, Stati Uniti, dove prima viveva con loro, fino a quando volle essere indipendente.

I suoi turni di lavoro, quasi sempre, erano dalle due del pomeriggio alle dieci di sera. Andava al lavoro con la sua vecchia macchina di colore rosso fuoco, che si poteva tranquillamente notare da notevole distanza.

Voleva studiare per fare il medico, ma poi, a causa di una serie di circostanze, si fermò in Infermieristica.

Adorava il suo lavoro e quella baita nella foresta tutta per sé. Era molto felice.

Monica Jacqueline Boerr – Merit

PRIMA PARTE

Si ricordò il primo giorno di lavoro, si sentiva un po' a disaggio. Non conosceva nessuno, ma si adattò subito, erano tutte brave persone. Lavorava al terzo piano, reparto maternità. Con lei c'erano due colleghi, Abishar, originario dell'India, e una ragazza del posto chiamata Siria.

Il medico, Dr Muller, loro capo, una sessantina d'anni, calvo, molto esigente non tollera chi arriva in ritardo, e Siria sempre in cerca di una scusa per farlo arrabbiare. Abishar era invece di buon umore, sorridente e i pazienti lo adorano. Merit era perennemente stanca e quasi sempre di cattivo umore.

Non aveva nessun amico, l'ultimo fidanzato che ebbe avuto fu quattro anni prima e la lasciò per un'altra ragazza. Adesso aveva venticinque anni, un lavoro che le piaceva, e tanti bambini da accudire che nascono ogni giorno.

Le sue giornate erano quasi sempre uguali. La mattina dormiva fino alle otto e, al risveglio, come prima cosa accendeva il camino. Poi faceva una passeggiata intorno alla baita, godendosi ogni momento di pace della foresta che mi circondava. Casa sua era arredata con pochi mobili, qualche quadro appeso alle pareti con foto della mia famiglia, un divano color carta da zucchero e tende abbinate. La stanza da letto era costantemente in disordine, c'erano vestiti ovunque si guardasse e Felis, dando la sensazione di gradire quello stato di confusione, approfittava per salire sul letto annusando il caldo profumo del piumino.

Rientrando dalla camminata mattutina, fu chiamata al telefono dai suoi genitori, volevano sapere semplicemente come stava; era la prima

5

volta che se andava di casa per vivere da sola ed erano preoccupati per lei. Li tranquillizzò e, dopo aver fatto una doccia e colazione, si preparò per andare al lavoro.

Sulla strada che conduceva al lavoro le auto correvano veloci, mentre la vecchia carretta di Merit del novantanove arrancava a fatica, piano. Si consolava però del fatto che per lo meno non l'aveva mai tradita a parte in qualche occasione di poca importanza. La radio non funzionava, così cantava per non annoiarsi. Il finestrino del passeggero non si abbassava, per fortuna faceva freddo.

Giunta a destinazione cercò un posto per parcheggiare. Accanto a lei arrivò anche Abishar con la sua macchina nuova color ciliegia comprata l'anno scorso. La guardò e le sorrise.

«Ciao Merit, bella macchina», disse.

Non le piaceva che la prendessero in giro, e lui lo faceva continuamente solo per farla arrabbiare. Era bravissimo perché ci riusciva sempre.

Fece comunque finta di niente e si diresse verso l'ascensore. Era pieno a causa dell'orario di visita. Abishar la guardava con la coda dell'occhio.

Arrivata al piano, la prima persona che vide fu il Dr Muller che stava rimproverando Siria. Lei è un po' immatura e irresponsabile e questo fa arrabbiare molto il Dr Muller.

Subito andò al suo reparto dove erano appena nate due gemelline. Ne prese una in braccio per darle il biberon e pensò: *"Un giorno anch'io avrò dei figli..."*

Quel giorno rimase a lavorare due ore in più (le servivano soldi), in fin dei conti non l'aspettava nessuno a casa, a parte naturalmente il suo gatto.

Alla fine si preparò per il ritorno a casa. Prese l'ascensore e, dopo essersi fermato al primo piano dell'uscita, all'apertura delle porte si trovò davanti un bellissimo ragazzo. Capelli biondo miele e occhi dorati. Gentilmente la salutò lasciandola letteralmente imbambolata. Si riprese quasi subito e, all'uscita, chiese al portinaio dell'ospedale:

«Peter, chi è quel ragazzo?»

«Viene quasi sempre a quest'ora per parlare con il Dottor Logan, quello che fa le autopsie. Un po' tardi per venire, non credi?»

«Che strano!.»

«Me lo sono chiesto anch'io» disse.

6

Salì in macchina e girò la chiave di avviamento. Nessun segno di vita, *"fa sempre capricci"*. Dopo quindici minuti di inutili tentativi, una voce vicina le disse:

«Ti do una mano, vuoi?» Quel ragazzo meraviglioso era lì, davanti a lei.

Si spaventò, così lui si scusò. Tranquillizzata gli disse che l'auto faceva quasi sempre così, un po' capricciosa. Lui disse:

«Sono qui con la mia macchina, ti posso dare un passaggio.»

«No grazie, all'inizio non parte, ma dopo un po' mi porta sempre dove devo andare.»

«Lavori in ospedale?» chiese.

«Si, sono un'infermiera, scusami, ma si è fatto un pochino tardi, adesso devo proprio andare, ciao e grazie.»

La salutò di rimando e, dopo ancora un paio di tentavi per far partire quel maledetto motore, si avviò e partì guardando dallo specchietto retrovisore e vide con piacere che lui continuava a salutarla.

Arrivò a casa, il camino a legna si era spento. Mise allora un legnetto per far riprendere il fuoco. La casa era proprio fredda.

Si mise sul divano davanti alla stufa e Felis si arrotolò sulle sue ginocchia. Pensava al ragazzo e a cosa facesse proprio nel reparto autopsia, forse era un amico del Dottor Logan. Era davvero incuriosita, ma poi andò in camera da letto e, esausta, non ci pensò più.

La mattina seguente uscì per fare un po' di spesa. Si vestì con dei jeans, stivali in pelle nera e un cappotto che si era comprata l'anno prima. Si pettinò raccogliendo i capelli a coda di cavallo; i suoi capelli castani erano lunghi fin sulle spalle e gli occhi verdi. Non era brutta, si direbbe che rientrasse nella normalità, una ragazza semplice.

Si preparò per andare in centro al paese. Da lontano si vedeva una torre che la incuriosì. Andò più vicino e vide un bellissimo castello. Scese della macchina per scattare qualche foto all'entrata maestosa posta sui due lati del castello, pieno di fiori di tutti i colori.

C'erano degli escursionisti, uno di loro le si avvicinò:

«Dicono che è pieno di vampiri lì dentro» disse.

Sorrise a queste parole e rispose «Suggestivo, ma purtroppo io non credo a queste cose.»

Le sorrise e continuò con il suo gruppo, mentre lei continuò a scattare foto per inviarle alla sua famiglia.

Quando arrivò al lavoro chiese a Siria: «Dimmi, sai se di sopra c'è il Dottor Logan?»

Molto bello, giovane, lavora al secondo piano, reparto autopsie, sua moglie, medico anche lei, lavora dove si effettuano prelievi del sangue. Merit non sapeva altro.

«Perché me lo chiedi?»

«Pura curiosità» le disse.

«Sei proprio misteriosa.» Le sorrise, e andò alla sua postazione. Avevano bisogno di lei, ultimamente c'erano così tante nascite. Era sabato e, alla fine del turno, come sempre, andarono al bar a bere qualcosa. Ognuno di loro con la propria auto. L'auto di Merit, ovviamente, era la più brutta di tutte, ma in tutta sincerità non le importava.

Il bar era tutto illuminato e con un discreto numero di persone, il tavolo aveva divanetti per sedersi molto comodi, in stile anni sessanta. La cameriera, con minigonna e calze a rete, risaltava in tutta la sua figura, bellissima. Tutti gli uomini si giravano a guardarla.

Ordinarono qualcosa di forte. Erano seduti vicino alla finestra, la musica era abbastanza allegra. Improvvisamente, guardando fuori, le sembrò di vedere una sagoma, o qualcosa di simile. Guardò meglio, non vede nessuno.

La serata si svolse allegramente, tra battute spiritose e Abishar. Impossibile annoiarsi.

Alla fine, tornò a casa. Un certo nervosismo si era impadronito di lei, sentiva che qualcuno l'avesse seguita, probabilmente invece non fu così perché non vide nessuno. Felis era irrequieto, saltò fuori dal letto spaventato e si mise a girare tutto intorno. Lo calmò subito prendendolo in braccio.

Aprì la porta d'ingresso, guardò fuori per sicurezza. C'era una luna piena brillante che illuminava tutto il bosco ed un vento che le accarezza il viso. Sentì il profumo del muschio, una bella sensazione, quindi tornò in casa e si mise a letto addormentandosi.

La mattina seguente si svegliò agitata. Un incubo era ancora vivo nella sua mente: ricordava che era ricoperta di sangue e c'era il ragazzo biondo che le diceva, «Amore mio, non spaventarti, è tutto a posto», vicino c'era anche il Dottor Logan che le teneva la mano.

C'erano tante persone intorno, ma non riusciva a riconoscere nessuno. Si sentiva diversa, più bella, sembrava più giovane. I capelli erano diversi... si piaceva.

Quel giorno aveva la giornata libera, così andò la mattina presto a fare colazione in un bar vicino. Il ragazzo che serviva al banco le fece l'occhiolino, la cosa le strappò un sorriso, ma non se ne curò più di tanto e fece finta di niente continuando a mangiare il suo cornetto, era molto buono. Fuori nevicava, i fiocchi di neve sembravano cristalli... Il suono delle campane di una chiesa vicina chiamava i fedeli alla messa delle otto... alla fine una mattina come tante altre.

Lasciò il bar e, passeggiando, si fermò a guardare dei vestiti in una vetrina indossati da manichini veramente smilzi. Lei era magra, però nonostante questo le sembravano decisamente troppo piccoli, più adatti forse ad una bambola. Entrò per comprare dei pantaloni invernali - aveva sempre sofferto il freddo - dopodiché, finito l'acquisto, se ne tornò a casa.

Chiamò i suoi genitori che erano in spiaggia sdraiati al sole. Le mancavano tanto come anche le mancava il bel caldo. Si sentiva sola. Intorno, da ogni parte, provenivano solo i suoni di qualche animale: uccellini, lupi e qualunque essere abitasse nel bosco. Ogni volta che tagliava la legna per alimentare la stufa aveva quella piacevole compagnia.

Aveva sempre avuto un carattere forte, indipendente, ma da un po' di tempo a questa parte sentiva il bisogno di svegliarmi accanto a qualcuno... a qualcuno che le dicesse «Ti amo.»

Monica Jacqueline Boerr – Merit

SECONDA PARTE

Finì di lavorare che ormai era mezzanotte, salutò Peter, il portinaio dell'ospedale, e si diresse al parcheggio. A quell'ora c'erano poche macchine, ma la sua, rossa fiammante com'era, spiccava da lontano come fosse una lanterna, riusciva persino a notare tutti i graffi sulla carrozzeria. Salì, mise la chiave nel quadro e girò per avviare il motore, *no maledizione, non parte.* Provò ancora, niente, *uffa mi sono davvero stufata*! Si mise una mano sulla fronte, *e adesso che faccio? A quest'ora chi posso trovare che mi dà una mano?* pensò. Vide un uomo in lontananza che si avvicinava. *Oh no! Il biondo, che vergogna,* arrossì.

«Ciao infermiera, problemi?» disse.

A malincuore ammise che sì, i problemi c'erano eccome, *la macchina è vecchia e spesso fa i capricci.*, Lui si offrì di accompagnarla a casa, ma Merit non voleva che si disturbasse, non lo conosceva e non le sembrava opportuno. Ma lui non si arrese e continuò ad insistere fino a quando lei accettò di buon grado. Le chiese il suo nome e l'accompagnò alla sua auto super sportiva con i vetri oscurati. Le aprì la portiera come un vero gentiluomo. Durante il tragitto verso casa gli chiese il suo nome:

«Mi chiamo William» rispose.

«Hai un nome da Principe» gli disse.

«Forse lo sono.»

«Sei anche spiritoso, ti posso fare una domanda?»

«Naturalmente.»

«Ho notato che a tarda sera sei sempre in ospedale, volevo sapere il perché», le sorrise mostrando i suoi denti bianchi come perle, e disse

11

che il Dottor Logan era un amico di famiglia, quindi spesso veniva a fargli visita.

«Conosci anche sua moglie?» chiese.

«Sì, davvero una brava persona» rispose.

Giunti a destinazione Merit disse: «Siamo arrivati, abito proprio in quella casa laggiù, nel bosco, grazie mille per il passaggio, sei un vero *angelo*.» La guardò allora con i suoi occhi dorati, e chiese: «Ti piacerebbe uscire con me domani?» e lei, senza pensarci un attimo rispose di sì.

«Va bene, allora ci vediamo al parcheggio dell'ospedale diciamo verso la mezzanotte» e appena scese dall'auto, se ne andò via.

La mattina seguente Merit si svegliò di buon umore e, dopo essersi fatta una doccia, andò in cucina con l'idea di fare una specie di colazione. Aprì il frigorifero e prese un bicchiere di latte. Si avvicinò poi alla finestra e guardò fuori distrattamente come ogni mattina. Aveva smesso di nevicare e… spalancò gli occhi per la sorpresa. In un attimo raccolse tutte le idee e si chiese, anche se forse aveva già la risposta, come poteva essere che la sua auto fosse parcheggiata davanti casa, ricordava infatti di averla lasciata al parcheggio dell'ospedale. Mise velocemente addosso qualcosa, la prima cosa che trovò, e uscì in cortile. Si avvicinò quasi con timore alla macchina e notò un biglietto appoggiato all'interno sul cruscotto:

Ciao Merit, ho fatto sistemare anche la radio. William.

Non ricordava bene, ma evidentemente, arrabbiata com'era per la macchina che non partiva, lasciò sbadatamente le chiavi nel quadro. Ancora con la bocca semiaperta per l'inaspettata sorpresa, non poteva ancora credere ai suoi occhi e pensò *ma da dove è saltato fuori quel ragazzo? Chissà dov'è stato fino adesso.* La cosa un po' la commosse e, riprendendosi, rientrò in casa. Si vestì di tutto punto pronta ad affrontare una nuova giornata di lavoro. In auto, lungo il tragitto, tenne finalmente la radio accesa, contenta che tutto funzionasse a dovere. La macchina andava veramente bene, e tutto grazie a William (che tesoro).

Quel giorno le ore al lavoro non passavano mai, e Merit continuava a pensare all'appuntamento che avrebbe avuto la sera stessa. Avrebbe voluto che fosse già mezzanotte. Molte domande si alternavano nella sua testa: *cosa faccio quando sarò di fronte a lui?*

Cosa gli dico? Lui cosa mi dirà? E soprattutto *e se poi non gli piaccio?* Cercava una risposta a tutto, ma niente da fare. Era agitata come una scolaretta e non stava più nella pelle.

Finalmente arrivò la fine del turno, si cambiò, raccolse le sue cose e si diresse al parcheggio, e le tremavano le gambe. Cercava di immaginare come sarebbe stata la serata ed all'improvviso scorse il ragazzo nell'oscurità: lunga giacca in pelle nera, stivali e capelli color oro pettinati all'indietro. Si avvicinò e venne pervasa da un profumo di muschio e mughetto, il suo, e guardandolo in quella penombra oscura, sembrava emanasse un grande potere antico. Quasi lei si paralizzò di fronte a quel ragazzo e Merit era pressoché paralizzata, non riusciva più a muoversi. *Ma cosa mi succede? Eh sì che non è certo il mio primo appuntamento ed oltre tutto non lo conosco nemmeno.*

«Ciao Merit, è bello rivederti. Vieni, andiamo con la mia macchina, ti farò recapitare a casa la tua più tardi» disse con fare molto sicuro.

«Va bene. A proposito, grazie per averla sistemata, è stato molto gentile da parte tua... L'ho molto apprezzato» rispose quasi balbettando.

«È stato un piacere, l'ho fatto volentieri.»

Da vero galantuomo le aprì la portiera della sua auto invitandola a salire, poi la richiuse delicatamente, salì a sua volta e partirono. Non una parola durante il tragitto, Merit aveva quasi paura a chiedere dove fossero diretti. Dopo poco arrivarono in un Pub, parcheggiarono e scesero dall'auto. Lui le prese la mano come per tranquillizzarla, probabilmente si era accorto della sua agitazione, ma aveva la mano era fredda e questo, ovviamente, non l'aiutò affatto a calmarla. Entrarono nel locale: luci soffuse quasi inesistenti, candele accese sui tavoli rendevano l'ambiente molto suggestivo ed elegante, poche persone ed una musica di sottofondo appena percettibile. Si sedettero ad un tavolo una di fronte all'altro e fu il quel momento che lei notò un particolare che fino a quel momento le era sfuggito: il suo viso era molto pallido, bianco quasi come il latte. Non ci fece caso prima di quel momento, sarà per la luce fioca della candela che risaltava il suo pallore, oppure, molto più semplicemente, il fatto di essere in Canada non aiuta certo l'abbronzatura.

«Parlami un po' di te» chiese lui all'improvviso ripescandola dal fondo dei suoi pensieri.

raccontò quindi della mia famiglia, di quando era piccola, dov'era cresciuta, del suo gatto e del fatto che non aveva nessun amico. Insomma, una miniserie della sua vita. Il ragazzo la ascoltava con interesse guardandola in profondità cercando qualcosa. Sembrava la leggesse come se fosse un libro aperto e che carpisse anche parole non dette. Era fantastico, la faceva sentire una donna importante. Da molto tempo non si sentiva così. Alla fine del racconto (noioso secondo la ragazza), fu lei che gli chiese di parlarle di sé, della sua vita, insomma, qualcosa che le permettesse di conoscerlo un pochino meglio. Cominciò col dirle che viveva con suo padre e con la sorella e... Cambiò discorso. Era evidente che non aveva molta voglia di parlare della sua vita, come se avesse qualcosa da nascondere, qualcosa di misterioso che, almeno per il momento, era intenzionato a non rivelare. Lo si leggeva nei suoi occhi. La cosa la fece sentire molto a disagio: *ma come? Io mi sono aperta come non ho fatto mai e lui non mi racconta niente! Non si fida di me.*

Dopo qualche minuto di imbarazzante silenzio, entrarono nel locale tre uomini. Merit li notò subito perché erano vestiti con abiti neri, come William. Si avvicinarono al loro tavolo, lo salutarono e, rivolgendo il loro sguardo su di lei, la *squadrarono* con un'espressione a metà tra l'interrogativo e lo strano facendole venire un brivido lungo la schiena.

«Merit, scusami, ma dovremmo proprio andare, ti spiace se ti riporto a casa?» disse improvvisamente e apparentemente senza motivo. Lei rispose di sì anche se rimase alquanto perplessa. La serata non si era svolta al meglio: dal sentirsi una donna importante, passò al sentirsi una nullità.

«Qualche problema?» Chiese quasi con timore.

«No, tranquilla, è che proprio mi ero dimenticato di un impegno importante. E per questo ti chiedo scusa, ma ti assicuro che saprò farmi perdonare.» Uscirono così dal locale, salirono in auto e si avviarono verso casa. Merit non riusciva a distogliere lo sguardo da lui: era strano, l'espressione tesa e quelle mani pallide sul volante... Guidava veloce come se avesse una fretta del diavolo oppure, meno probabile, come se stesse scappando da qualcosa, il tutto in un silenzio glaciale. Decise allora di rompere quel momento chiedendogli quanti anni avesse: «Trentadue» rispose quasi seccato, e non disse altro. Infastidita mise il broncio. Lui la guardò, le accarezzò il viso e le sorrise. Arrivarono sotto casa, sempre in silenzio. Lei indugiò, ma infine si fece forza e disse: «Sai, nonostante tutto ho passato una bellissima serata come primo appuntamento» forse con un filo di sarcasmo appena percettibile «Non so, magari non ti piaccio, so solo che da quando sono arrivati quegli uomini, mi sembri diverso, misterioso, cosa nascondi? Sei un mafioso, un poliziotto, un agente dell'F.B.I., sei sotto copertura per chissà quale missione segreta? Si può sapere che lavoro fai? Ogni volta che si sfiora l'argomento cambi discorso, e non mi hai mai dato il tuo numero di telefono. Ascolta, lasciamo perdere, non mi fido di te e non mi va di essere presa in giro.»

Fece per scendere dall'auto, quando si sentì afferrare per un braccio: «Merit, aspetta non andartene, mi rendo conto che tu abbia tutto il diritto di una spiegazione e presto ti racconterò tutto. Ti chiedo solo di avere ancora un po' di pazienza e di continuare ad avere fiducia se puoi. Comunque sappi, per prima cosa, che non ho un cellulare.»

«Ma dai, non prendermi in giro, tutti hanno ormai un cellulare» disse spazientita.

«Che vuoi che ti dica? Sono un tipo all'antica e sappi che non sono niente di tutte quelle cose che hai detto. Gli uomini che hai visto non sono altro persone che in passato hanno avuto a che fare con me ed è per questo che me ne sono andato. Devi sapere che sono uno psicologo e quel pub è tutto mio, sono benestante da generazioni. È vero, posso sembrare misterioso, uno che nasconde dei segreti e forse è così, ma ti metterò al corrente di tutto a suo tempo e ti chiedo di fidarti ancora per un po' e poi, se vorrai, andremo ognuno per la propria strada.» Improvvisamente Merit sentì le sue fredde mani sul suo collo che la tirarono verso di lui. La baciò, un lungo bacio, appassionato. La sua lingua ricorreva la bocca di lei con un vago sapore a vaniglia. Poi disse:

«Tu mi piaci, Merit, dal primo momento che ti ho vista. Non so dirti dove porterà tutto questo, ma ti posso garantire che, se lo vorrai, questo viaggio lo faremo insieme.»

«Sei sposato?» Chiese.

«No, e non ho nemmeno dei figli, se questa è la domanda successiva.»

«Be', si è fatto tardi, devo andare» disse lei, e scese dalla macchina dirigendosi verso casa. Si girò per guardarlo mentre si accingeva ad aprire la porta e vide che la stava guardando a sua volta, poi le sorrise... E se ne andò.

La mattina seguente fu svegliata dal suono del campanello della porta d'ingresso. Ma chi poteva essere a quell'ora? Si vestì in qualche modo con la prima cosa che trovò ed andò ad aprire.

«Signorina Merit? Questo è da parte di un certo signor William» e le porse un bellissimo mazzo di fiori. Una piccola busta era in bella vista, l'aprì ed all'interno c'erano la chiave della sua macchina (in effetti la vide parcheggiata davanti casa), ed un biglietto:

Ciao Merit, questi fiori sono per farmi perdonare. Il mio comportamento di ieri sera non è stato dei migliori.

Se vuoi ti porto al cinema, scegli tu il film.

William.

D'un tratto Merit era perfettamente sveglia e felice, si sentiva al settimo cielo. Certo, quel ragazzo è davvero strano, ma a lei piaceva troppo e sembrava che, almeno per il momento, non potesse farne a meno.

Passarono giorni dal loro primo incontro e continuavano a vedersi, facevano un sacco di cose insieme ed ogni volta era come se il tempo si fermasse. Negli altri momenti pensava a lui continuamente, al suo sorriso perlato, a quella sua insolita pelle pallida, al suo profumo... Era ormai una costante della sua vita a cui non potevo rinunciare, come respirare. Una sola cosa la preoccupava: in tutto questo tempo non l'aveva ancora resa partecipe del suo *"segreto"*.

TERZA PARTE

Il tempo passava e Merit era sempre più felice, quando un giorno, dopo una passeggiata mano nella mano, la portò al Pub.

Giunti davanti al locale non c'era anima viva e nulla che facesse pensare a qualunque tipo di attività all'interno, tutto chiuso.

«Ma William, è chiuso!»

«Ho le chiavi, ricordi? Questo posto è mio» rispose sorridendo.

Così aprì la porta ed entrarono. Era deserto, un silenzio tombale regnava sovrano, pulito, lucidato a specchio, pronto per una nuova riapertura serale.

«Allora Merit, ora qui è tutto nostro, siedi pure dove ti pare, nessuno ci disturberà. Ti preparo qualcosa da bere?»

«Un gin tonic andrà benissimo», disse con un certo imbarazzo e sapeva che qualcosa di forte l'avrebbe aiutata a mascherarlo.

William andò dietro al bancone e cominciò a preparare il tutto devo dire con una certa maestria. Tornò al tavolo con due bicchieri e si sedette accanto a lei.

Delicatamente le prese le mani e la guardò dritto negli occhi. Lei si sentì improvvisamente vulnerabile, quasi violata da quello sguardo penetrante. Cominciò a tremare e lui la strinse più forte.

«Ti devo parlare di una cosa» disse. Ci siamo, pensò, è arrivato il momento e finalmente conoscerò il suo *segreto*. Accidenti, non so se sono pronta, aspettavo da molto questo momento ed ora ho paura. Magari però non deve dirmi niente di importante e mi sto fasciando la testa inutilmente.

«Pensavo di dirtelo più avanti, di aspettare ancora un po' di tempo. Le cose tra noi stanno andando bene e non voglio rovinare tutto, ma ho deciso comunque di *vuotare il sacco*, è giusto che tu sappia... Non so però da dove cominciare», disse abbassando lo sguardo. Fece una lunga pausa, allora Merit si armò di coraggio e disse:

«Calmati, su, ti ascolto. Che sarà mai...»

«Devi promettermi solennemente che ciò che sto per dire non uscirà da questa stanza, mai e poi mai dovrai farne parola con qualcuno. Se mai lo facessi sarebbe un bel guaio... Un bel grosso guaio.»

«William, così mi spaventi... Ma ti puoi fidare di me, lo sai», disse.

«Ti parlerò della mia vita privata, di quello che sono realmente. Insomma, la persona che hai davanti in questo momento, non è quella che credi.» Lei rimase come impietrita. Poi continuò:

«Se dopo il mio racconto non vorrai più stare con me, non preoccuparti, lo capirò» una pausa e riprese tornando a guardarla negli occhi:

«Merit, io non sono normale. Scusa, detto così potrebbe essere qualunque cosa, specialmente detto ad un'infermiera.»

«Hai ragione, ma ti assicuro che capisco quello che intendi. Comunque ti vedo bellissimo, nemmeno un difetto», pensò al pallore della pelle, ma al diavolo, era troppo bello per pensare che quello fosse un difetto.

«Sono un vampiro! Come da centinaia d'anni le storie e le leggende hanno sempre chiamato quelli come me.» Merit si irrigidì e lui se ne accorse: «Non devi aver paura, non sono come molti ci definiscono un "succhiasangue", mi nutro solo di sangue animale e, se non lo trovo, il Dottor Logan mi procura delle sacche dall'ospedale, mi servono per sopravvivere. Sai, anche Logan e sua moglie sono vampiri.»

Merit scolò il suo gin tonic in un solo sorso e picchiò il bicchiere sul tavolo più volte facendogli capire che ne voleva immediatamente un altro. Lui corse al banco e le portò subito quanto chiesto. Lei ripeté la stessa scena... «Un Altro!» E arrivò il terzo. Stessa cosa, ma questa volta dopo aver sbattuto il bicchiere, lo fissò negli occhi come per sfidarlo a dire ancora qualcosa del genere.

«Merit, è importante che tu sappia tutto di me, sei speciale e non voglio nasconderti niente. Mi piace iniziare una relazione con il piede giusto. Inizierò con la mia età.»

«Perché? Quanti anni hai?» chiese.

«Ne ho trecento, anno più, anno meno.»

«Non si direbbe, li porti bene, davvero, stai benissimo» disse non nascondendo un "leggero" sarcasmo. Prese in mano il bicchiere: «Un altro! E fammelo liscio, solo gin, mi serve proprio»

«Sono un nobile» riprese «Mi hanno *trasformato* quando avevo trentadue anni, ero malato e stavo per morire. A quell'epoca sembrava l'unica soluzione possibile, era necessario che il mio corpo cambiasse diventando più forte e Logan mi aiutò a guarire tramite quella che noi chiamiamo "trasformazione", quindi compì il *miracolo*.»

Ci fu un momento di silenzio, Merit cercava di ricomporre mentalmente le idee e di assimilare quanto avevo sentito. Non sapeva se ridere, piangere o spaventarsi a morte. Era estremamente confusa. Poi, senza minimamente filtrare le parole sbottò:

«Caro William, mi hai preso forse per un'idiota? Per una ragazzina ingenua che si beve tutto quello che le viene detto? Ritengo di essere sufficientemente intelligente e di possedere un certo senso dell'umorismo, ma ti prego, non offendermi propinandomi certe stronzate. Odio essere presa in giro in questo modo. Che c'è? Forse da qualche parte una telecamera nascosta mi sta riprendendo? Se vuoi ci facciamo subito una sana e grassa risata e faccio finta che tu non abbia aperto bocca, ok?»

I suoi occhi diventarono allora come due gemme d'argento, chiari e luminosi e dalla sua bocca spuntarono due lunghe zanne.

«Oh mio Dio!» Gridò alzandosi in piedi di scatto indietreggiando e facendo ribaltare la sedia a terra rovinosamente. Tremava vistosamente. Lui si alzò e subito l'abbracciò tenendola stretta:

«Calmati, Merit, io non ti farei mai del male, devi fidarti di me, ti prego» disse cercando di tranquillizzarla. Poi continuò:

«Faccio parte di un gruppo composto da più di cento elementi, anzi, vampiri per farti comprendere meglio, e sono tutti sotto la mia protezione ed ai miei ordini. Ci nutriamo, come ti ho detto, di sangue animale e non facciamo del male a nessuno. Ci chiamiamo Gray, è il nostro casato. Purtroppo, però, nel tempo si è formato un altro gruppo.

Sono dei selvaggi, ribelli, non hanno un casato e soprattutto fanno del male a voi umani. Logan mi tiene al corrente costantemente perché ogni giorno muoiono sempre più persone per mano dei ribelli. Da parte nostra, per il momento, non riusciamo a fare molto. Sono furbi, rapidi e pressoché invisibili. Merit, io non ti *trasformerò* mai, sei libera di andartene in qualunque momento, ma voglio che tu sappia che mi sto innamorando di te...» Tornai a sciogliermi, stranita, con la bocca aperta e imbambolata. Non riuscivo a parlare.

Mi prese la mano: «Continuerai ad uscire con un mostro? È quello che sono realmente.»

Allora lei prese coraggio e disse: «Io non ho paura di te, William, mi fido e ti posso giurare che tutto questo non uscirà mai da questo locale. E poi, anche se mai lo raccontassi a qualcuno, pensi forse che mi crederebbero? Comunque ti confesso che anch'io mi sto innamorando di te.»

Si considerava una donna dotata di mentalità aperta, quindi al momento non c'era ragione per non frequentarsi. In fondo le aveva promesso che non le avrebbe mai del male e lei gli credeva. Certo, strano è strano! Ha trecento anni ed è ancora un ragazzino e niente fa pensare che tra una cinquantina d'anni debba essere diverso, mentre lei... Be', ci penserò quando verrà il momento, si disse. Il fatto è che sono anche una donna curiosa, chissà come sarà avere un fidanzato vampiro.

Dopo quella sera, non so come successe, ma continuavano a frequentarsi come se non fosse mai successo niente. Uscivano spesso, passavano il tempo spensierati, ridevano anche senza apparente motivo come ragazzini tra amorevoli effusioni, abbracci e baci con passione. La felicità sembrava non volerli più abbandonare. Qualche volta William si fermava a casa di lei fino a tardi aspettando che si addormentasse, poi se ne andava in silenzio. Erano giornate liete e spensierate anche se ogni tanto Merit si chiedeva: *ma ti rendi conto che hai un fidanzato vampiro? E se un giorno deciderà di mordermi o "trasformarmi", come dice lui?*

Un giorno le chiese se poteva avere un week-end di ferie. La domanda le giunse un po' inaspettata, anche perché tutto il suo tempo libero, o quasi, lo passavano insieme. Rispose comunque che probabilmente non ci sarebbero stati problemi, lavorava sodo e non potevano certo negarglieli. Chiese lo stesso come mai di quella richiesta. Era in programma una festa a casa sua, disse con un certo entusiasmo, un'opportunità quasi unica per conoscere finalmente la sua famiglia. Fantastico, pensò, direttamente nella *tana del lupo*... Ed un brivido leggero le corse lungo la schiena.

Il giorno seguente chiese in ospedale il permesso per il fine settimana e, come previsto, non ci fu nessun problema.

Arrivò finalmente il sabato. Sembrava un giorno come tanti altri, ma in cuor suo sapeva che non era vero, sarebbe stato "speciale". Sentì bussare alla porta. Trasalì, *è già qui?* Pensò. Non poteva essere, non era ancora pronta. Corse ad aprire.

«Signorina Merit?»

«Si, sono io»

«Questo glielo manda il signor William», erano tre scatole «Questa sera vengo a prenderla alle otto» continuò.

Merit rimase basita, non sapeva che dire, ma poi un po' imbarazzata:

«Poso chiederle come si chiama?»

«Jhon» le disse. Lo ringraziai, ma la tentazione era troppo forte e continuai con "l'altra" domanda:

«Sei anche tu un... Vampiro?»

Jhon sorrise e mi disse che tutti loro del personale erano umani. Le ricordò anche, mentre se ne andava, che i padroni dormivano durante il giorno.

Rientrò ed aprì le scatole, una dopo l'altra. Erano di diversa grandezza e cominciò quindi dalla più grande: conteneva un meraviglioso vestito verde petrolio lungo fino al ginocchio, in un'altra scarpe dello stesso colore e nell'ultima una catenina d'oro bianco. Si commosse e per qualche minuto rimase a contemplare quel fantastico completo. La commozione si trasformò presto in agitazione. Era una ragazza semplice tutt'altro che abituata a serate di quella portata, e quel regalo la fece subito pensare che fosse necessario un certo protocollo di comportamento al quale certo non era avvezza. Si immaginò subito l'imbarazzo generale che avrebbe provocato mettendo William in condizione forse di vergognarsi di lei. Poi disse a se stessa che aveva comunque tutto il giorno per metabolizzare la situazione, ed iniziò pian piano a tranquillizzarsi. Felis la guardava attonito con fare interrogativo, ma subito si riprese e si accoccolò nella scatola vuota più grande.

QUARTA PARTE

Il tempo quel giorno non passava mai, ma arrivò finalmente il momento in cui Merit cominciò a prepararsi. In realtà, anche se non fisicamente, era già pronta da ore nella sua mente. Ripassava tutto ciò che mamma e papà le avevano insegnato sulle buone maniere, sull'educazione e sulle regole base del comportamento. Le remava contro però il suo carattere indipendente ed il suo spirito libero, così lontano dal galateo imposto dall'alta società e da lei sempre giudicato un sopravvalutato cliché. Ora si sentiva come ad una resa dei conti dove finalmente (forse) avrebbe capito che tipo di donna fosse.

Cominciò col sistemarsi i capelli, li raccolse con cura e mise una fascia di strass per tenerli fermi. Si guardò allo specchio, si girai da una parte e dall'altra e decise che così poteva andare. Tutto sommato si piaceva. Si vestì con quello stupendo vestito e scarpe che le stavano a pennello. Sembrava che tutto le fosse stato dipinto addosso. Ora si, si sentiva veramente bella.

Ancora si stava rimirando quando sentì suonare alla porta. Guardò l'ora, erano già le otto di sera. Il tempo era letteralmente volato senza che se ne accorgesse e corse ad aprire. C'era Jhon con un mazzo di fiori che le consegnò con estrema eleganza e la invitò a seguirlo alla macchina, una limousine nera e lucente. Mamma mia che emozione! Trattata come una regina, le mancava persino il respiro. Jhon le aprì la portiera posteriore e le fece cenno di accomodarmi porgendole la mano come per aiutarla a salire. Il sedile era comodissimo, soffice, che auto di lusso! Non pensava potessero esistere automobili del genere abituata com'era al suo vecchio macinino. Jhon chiuse lo sportello, girò intorno alla macchina, si sedette al posto di guida ed avviò il

23

motore. Ci siamo, pensò, e subito l'assalì un leggero ma sempre più crescente nervosismo per quello che l'aspettava. I pensieri si accavallavano nella sua mente ipotizzando gli scenari più improbabili. Immaginava le situazioni più strane dalle quali non era in grado di uscirne. Ogni cosa portava inesorabilmente ad un tragico epilogo: una brutta figuraccia.

Improvvisamente l'auto si fermò ed Merit venne strappata via dall'immaginario per essere scaraventata nella realtà. Guardò fuori dal finestrino e... Il castello che solo qualche tempo prima si divertiva a fotografare, era lì, proprio davanti a lei.

«Siamo arrivati» disse Jhon con un impercettibile sorriso. Evidentemente si era accorto che aveva trascorso tutto il tragitto in una specie di catalessi.

«Ma... Questa è la *casa* di William?»

«Si, questo è il castello della famiglia Gray ed il principe William l'attende.»

Lentamente il pesante cancello si aprì ed entrarono in un vasto cortile tutto addobbato di luci e fiori di tutti i colori. Lei si guardava intorno come una ragazzina per la prima volta in un parco giochi. Era tutto così bello e nello stesso tempo anche un po' sinistro. Si fermarono davanti ad una scalinata enorme – probabilmente l'ingresso principale – anch'essa illuminata.

Jhon scese dall'auto e le aprì la portiera:

«Signorina Merit, inutile ricordarle che sta per entrare in un covo di vampiri, lo tenga sempre presente mi raccomando. Le consiglio caldamente di non fissarli troppo a lungo, sa, sono piuttosto imprevedibili. Inoltre, purtroppo, è consuetudine che lei entri nel palazzo da sola, quindi mi dispiace, ma sono costretto a lasciarla qui. Non me ne voglia e... Buona fortuna!.»

L'aiutò a scendere e se ne andò.

Adesso era sola! Si guardò intorno ed iniziò a salire la scalinata. Giunta davanti al grande portone, quasi per incanto si aprì come spinto da una forza invisibile. Entrò, fece qualche passo e si bloccò mentre i battenti si chiusero alle sue spalle. Si trovava in un enorme salone con pareti rivestite da grandi tendaggi color rubino alternati a quadri sicuramente d'autore. Un tavolo al centro padroneggiava l'ambiente, sedie rivestite in oro facevano da contorno e coppie di pesanti candelabri con le candele accese poste ad intervalli regolari sulla tavolata, illuminavano la raffinatezza dell'allestimento. C'erano almeno un centinaio di *persone* che notarono subito una ragazza spaesata ed immobile all'ingresso. Erano tutte in abito da sera, la fissavano e lei... non riusciva nemmeno a muovere un dito.

Bisbigliavano tra loro per non farsi sentire, ma riuscì ugualmente a percepire una voce sottile che diceva *è umana*. Era estremamente a disagio e nonostante ciò si sentiva come immersa in una favola.

Voleva scappare dal quel posto, quello non era il suo mondo. Si sentivo in trappola e poi, tutte quelle *persone* che la fissavano come se fosse lei ad essere diversa. Be', dal loro punto di vista forse avevano pienamente ragione, ma non era questo il punto. Cosa ci facevo lì? È stata una pessima idea accettare questo invito, pensò.

Pian piano la sensazione di vivere una favola si stava facendo da parte per lasciare il posto ad una nuova e terrificante sensazione: riuscirò a tornare a casa? Oppure stanotte finirò col dormire in una bara?

Improvvisamente vide William vestito in smoking, era bellissimo. Camminava facendosi largo tra la folla di invitati, la guardava e sorrideva.

«Ben arrivata Merit, sei incantevole» disse, e subito avvicinò le labbra all'orecchio di lei, e sussurrò: «Tranquilla non preoccuparti, ti abituerai a tutto questo, vedrai.»

Lo guardò negli occhi e con un sorriso un po' forzato disse un debole "speriamo".

Se avvicinarono due persone: un uomo alto con i capelli grigi precoci, viso dalla pelle liscia e molto bianca (sembrava porcellana), occhi scuri e sguardo penetrante, il portamento era fiero. Accanto c'era una ragazza dai capelli biondo oro e occhi altrettanto dorati, carnagione delicata come i petali di una camelia, era bellissima.

«Merit, ti presento mio padre, Aron.»

Inaspettatamente l'uomo la salutò, come dire, animatamente e la ragazza, anticipando William, preferì presentarsi da sola: «Io sono Melody, la sorella di William. Benvenuta nel Mondo della Tenebre.»

«Scusa Merit» disse poi William «Dovrei discutere una certa faccenda con mio padre, Melody ti terrà compagnia per un po'» e i due si allontanarono. Melody approfittò quindi per fare un po' di conversazione, diciamo pure 'pubbliche relazioni'.

«Allora Merit, ti è mai capitato di avere la forte sensazione che esista un mondo parallelo al tuo? Tu non lo vedi, non lo percepisci, eppure esiste, proprio accanto a te» disse quasi sussurrando e avvolta in un alone di mistero.

«Veramente no, non ne avevo la minima idea. Sai, se ne sentono tante su di voi, sul vostro mondo, ma ho sempre pensato in tutta franchezza che fossero nient'altro che leggende metropolitane» rispose con un leggero imbarazzo.

«Voglio confidarti un segreto, anzi, è più un pettegolezzo tra amiche...» continuò Melody «Mio fratello è sempre uscito con ragazze della nostra specie, quindi è la prima volta in assoluto, dopo la sua trasformazione che si è messo con un'umana. Dovresti sentirti estremamente lusingata.»

«Non so che dire per adesso, forse lo sono e forse no» disse, e per un attimo intravide un'espressione di disappunto sul volto di Melody.

«Buona sera, Merit.» La voce proveniva alle spalle di Merit che ebbe un sussulto. Si voltò e vide il dottor Logan con la moglie che si avvicinavano. Tenevano in mano un calice di cristallo che, almeno all'apparenza, sembrava contenessero un vino rosso corposo, ma a giudicare dall'odore nauseante che emanava, è probabile che non lo fosse.

Improvvisamente sbucò William dalla marea di gente presente con un calice di champagne in mano. Si avvicinò a Merit, la prese per mano e la condusse nel bel mezzo del salone. Che stia per fare un discorso? Pensò, e nello stesso momento sentì le guance arrossarsi.

Infatti...

«Un po' di attenzione, per favore», e attese che il brusio di fondo cessasse.

«Gentili signore e signori, per prima cosa voglio ringraziare tutti voi per essere qui, ed ora che siamo tutti riuniti in questa umile dimora della mia cara famiglia, ho l'immenso piacere di presentarvi la mia meravigliosa fidanzata umana Merit. Colgo anche l'occasione per dire un'altra cosa: i ribelli, come tutti voi già sapete, stanno uccidendo pian piano, ma inesorabilmente, gli umani e di conseguenza il mio appello è che tutti voi facciate tutto il possibile per proteggere la mia cara compagna.

Ormai da generazione è in atto una guerra da combattere, e noi la combatteremo con ogni mezzo a disposizione fino a quando l'ultimo dei ribelli non giacerà morto ai nostri piedi. È una guerra senza campi di battaglia, è combattuta di nascosto al mondo, ma abbiamo fatto fino ad ora tutto il necessario e di certo continueremo a farlo. Manterremo un basso profilo passando inosservati affinché il governo non ci dia la caccia per fare i loro esperimenti.»

«William, che succede se la tua ragazza parla?», una ragazza dai capelli cremisi dal fondo del salone aveva preso la parola «Dovremo necessariamente prendere seri provvedimenti nel caso succedesse. Magari saremmo costretti ad ucciderla, non credi?»

«Non lo farebbe mai. In tutti questi lunghi anni della mia vita ho imparato a conoscere l'animo umano, e posso dire con certezza assoluta che la fiducia che ripongo in lei è assolutamente meritata. Anche voi dovrete fidarvi, risponderò personalmente assumendomi tutta la responsabilità.»

Ma la ragazza dai capelli cremisi fese una smorfia quasi a comunicare il suo scetticismo a riguardo. Guardava Merit con occhi di falco argentato esaminandola con insistenza. Fissava come alla ricerca spasmodica di punti deboli allo scopo di violare la corazza della sua personalità. Non si fidava e le parole di William non le erano bastate.

«E adesso, cara famiglia, diamo pure inizio alle danze. Musica!» disse William con voce più sostenuta, e subito il salone venne inondato da una dolcissima melodia a ritmo di valzer. Guardò Merit con tenerezza, l'attirò a sé e la baciò. Subito i loro corpi cominciarono a roteare in perfetta sincronia, spinti da quel valzer quasi ipnotico. In quell'atmosfera particolare, Merit si sentì proiettata nel passato, situazione che la fece volare magicamente trasportata da un'antica fantasia. Non ricordava di essersi mai sentita così, un sogno dal quale non avrebbe mai voluto svegliarsi.

Ballarono, e il tempo sembrava essersi fermato.

«Merit» disse William improvvisamente quasi sussurrando, «Merit, dovrei occuparmi anche un po' degli invitati, ti dispiace se ti accompagno ad un tavolo?»

«No, figurati, è giusto» e così fece.

Merit si ritrovò quindi seduta ad un tavolino con al centro un lume acceso che creava un'atmosfera soprannaturale. Le venne in mente che quella sera non aveva ancora toccato cibo, come il suo stomaco insistentemente cercava di ricordarle.

Si guardò intorno e, in un angolo della sala, vide diversi tavoli apparecchiati. Senza esitare si avvicinò e vide con piacere che erano ricoperti con leccornie di ogni genere. Un degno trionfo per la fame che la stava divorando. Non curandosi così di nessuno, iniziò con vari assaggi. Tutto era delizioso e dopo un po', ormai appagata, decise di continuare più per golosità.

Aveva ancora la bocca piena, quando si accorse che nel frastuono della festa, delle urla di un uomo inquinavano l'armonia musicale e l'atmosfera. Trasalì e subito con lo sguardo cercò una possibile fonte dalla quale potessero giungere le urla – quasi dei lamenti – di quell'uomo.

Vide infine, quasi nascosta, una scala che portava probabilmente ai piani inferiori. Merit guardò prima a destra, poi a sinistra ed alle sue spalle in modo quasi furtivo e, dopo essersi resa conto che nessuno la stava osservando, si avvicinò alla scala e iniziò a scendere con esagerata prudenza.

La scala girava su se stessa con ampie spire e delle torce accese, appese alla parete, ne illuminavano il percorso.

Forse non dovrei andare troppo in giro, non sono affari miei pensò, ma si sa, la curiosità è femmina e Merit ne era l'incarnazione. Scendeva, e sembrava non finire mai, fino a quando si ritrovò in un'ampia stanza circolare con porte collocate tutte intorno. Tese l'orecchio per cercare di capire da dove provenissero quei lamenti ed imboccò una delle uscite laterali. Giunse in un lungo corridoio con una serie di celle su tutti e due i lati e piano piano si incamminò scrutando a destra e a sinistra.

D'un tratto scorse, nella semi-oscurità un uomo. Si avvicinò alle sbarre per vedere meglio e vide un poveretto incatenato al collo: un collare collegato al muro da una grossa catena non gli permetteva di allontanarsi troppo dalla parete. Ai polsi aveva delle manette di una strana lucentezza. Argento? Pensò subito dopo aver considerato dove si trovava.

«Ehi, umana, fammi assaggiare il tuo sangue, sembra ottimo», disse mostrando due affilati canini.

La ragazza fece un balzo all'indietro urtando contro qualcosa. Si voltò di scatto e vide un uomo alto e possente. Un altro balzo la fece sbattere contro le sbarre.

«Merit, calmati, non voglio farti del male, mi chiamo Aron e sono a guardia delle segrete. Ma tu che ci fai qui? Non dovresti esserci, la festa è di sopra.»

«Devi scusarmi, ero di sopra... vicino alla scala ho trovato da mangiare e... quei lamenti... la curiosità... ed eccomi qua», disse quasi per giustificare quella sua bravata.

«Cara», riprese Aron «quest'uomo è un ribelle, molto pericoloso e se ti prendesse ti dissanguerebbe fino alla morte.»

«Prima o poi vi uccideremo tutti e il mondo sarà finalmente nostro», disse il ribelle tendendo la catena con uno schiocco. Aveva occhi argentati e zanne fuori. Era terrificante.

«Non ascoltarlo!» disse subito Aron, «...andiamo via di qui.»

«Cosa ne sarà di lui?» Chiese Merit con una punta di compassione.

«Beh, prima dovrà darci delle informazioni e poi... lo *estirperemo*. Sai, noi siamo sotto il comando di William, nostro Maestro e Principe, e eseguiamo ogni suo ordine. I ribelli, invece, sono soli come animali selvaggi senza una guida, senza un casato; vivono di istinti primordiali e lasciarli stare significherebbe il caos e la lenta estinzione della razza umana», fece una pausa, come per lasciare assimilare quanto appena detto. Poi riprese: «Noi abbiamo il compito e l'onore di proteggere il nostro Principe ed ora... anche te, mia cara Merit.»

«Non ho bisogno di tutto questo, non ho bisogno di niente», rispose con orgoglio. «So badare a me stessa. Vivo sola in una baita nel bel mezzo della foresta. Mio nonno, anni fa, mi insegnò a tirare con l'arco, ora sono un po' arrugginita d'accordo, ma posso riprendere ad allenarmi, e quando ero piccola i miei genitori mi mandarono in una palestra di arti marziali: Judo, Taekwondo, insomma quelle cose lì.»

«Cara Merit», disse Aron provando un senso di tenerezza «se vorrai, potremmo procurarti delle armi d'argento, più adatte allo scopo, ma questo non cambierà le cose, noi ti guarderemo sempre le spalle.»

«State socializzando?» Disse William spuntato improvvisamente da chissà dove.

«Certo, l'ho trovata quaggiù che gironzolava curiosa, e devo dire che mi piace. È forte e coraggiosa, orgogliosa e sicura di sé», rispose Aron.

«Lo so, ecco perché me ne sono innamorato», disse sorridendo, e la baciò.

«Ora andiamo, Merit, questo non è posto per te. Senti queste note di valzer che vengono dal salone? Ci stanno chiamando per ballare.»

E così, mano nella mano, salirono per ritrovarsi nuovamente nella grande sala del ricevimento. Nel mezzo un turbinio di coppie roteavano al suono di quella dolce musica. Merit e William si unirono a quella specie di vortice, felici. Restarono tanto tempo e cominciarono per Merit i primi sintomi di stanchezza. Il Principe se ne accorse.

«Sei stanca?» chiese.

«Un pochino»

«Va bene, non voglio affaticarti troppo. Vieni con me», disse lui premuroso.

Uscirono da quella stanza festosa per ritrovarsi davanti ad un grande scalone che portava ai piani superiori. Lui la cinse con un braccio e cominciarono a salire. Giunti al secondo piano imboccarono un lungo corridoio ornato con quadri antichi ed armature medioevali. Un lungo tappeto rosso acceso nel mezzo attutiva i loro passi. La musica quasi non si sentiva più, era ormai un *lontano* ricordo. William si fermò davanti una porta in legno massiccio con ogni sorta di decorazioni.

«Siamo arrivati, questa sarà per stanotte la tua camera, è quella per gli ospiti, ma adesso è la tua.»

Entrarono e Merit strabuzzò gli occhi trattenendo il respiro. È enorme come metà di casa mia, pensò. Arredata con tonalità marrone e beige, un grande letto a baldacchino troneggiava nel mezzo della parete di fondo e la moquette (anzi era un tappeto grande quasi tutta la superficie della stanza), rendeva ovattati tutti i rumori.

«E questa sarebbe la camera degli ospiti? Non riesco a pensare come potrebbe essere la tua!»

«Presto la conoscerai, ma ora riposati, io devo sistemare alcune faccende al piano di sotto. Fai una buona notte» disse sorridendo. Un tenero bacio e se ne andò.

Merit chiuse a chiave la porta e rimase così sola in quella stanza (era davvero grande). Cominciò quindi a girare curiosando e osservando ogni genere di cose: soprammobili, decorazioni, interni degli armadi, il bagno (fornito di ogni genere di oggetti utili tutti rigorosamente nuovi), cassetti pieni biancheria adatta sia per donne sia per uomini, tutta rigorosamente separata. Insomma, non era certo necessario avere una propria valigia. Notò poi che sul letto qualcuno aveva già sistemato una sorta di camicia da notte, sorprendentemente della mia taglia e pantofole degne di una regina un po' sotto il letto, ma perfettamente visibili.

Non era abituata a tanto lusso, si sentiva leggermente fuori posto, ma la cosa durò poco e decise infine di godersela. Si spogliò, si fece una doccia – ne aveva proprio bisogno – si avvolse un morbidissimo asciugamano intorno al corpo e, con calma, si asciugò i capelli.

Tornò poi al letto ed indossò quella meravigliosa camicia da notte tutta in seta. La sensazione che dava sulla pelle era fantastica, da non togliersela mai più. Si infilò quindi sotto le coperte e pensò che difficilmente una regina potesse essere trattata meglio di così. Prese il suo smartphone ed iniziò una ricerca sui vampiri, sui casati, sul bere del sangue, sulla *eterna giovinezza* e su tutto quello che poteva venirle in mente sull'argomento. Era comunque prevedibile che fare ricerche di questo tipo in internet sarebbe saltato fuori di tutto in modo discutibile sull'attendibilità degli argomenti e pensò che in realtà la situazione che stava vivendo le avrebbe insegnato, man mano, tutto ciò che la sua innata curiosità esigeva. Dopo un po' gli occhi decisero di chiudersi, facendola sprofondare in un sonno profondo.

La mattina seguente, sentì bussare alla porta. Era ancora nel dormiveglia e le ci volle un po' per realizzare dove si trovava e perché (anche se il perché non era ancora del tutto chiaro).

«Avanti», disse strascicando leggermente la voce ed aggiungendo un lungo sbadiglio.

La porta si aprì ed entrò una giovane ragazza.

«Buongiorno, signorina Merit, sono la cameriera e le ho portato la colazione», disse appoggiando un vassoio sopra un tavolo. Poi si diresse alla finestra e aprì le tende. La luce del sole abbagliò Merit, ma questo le fece immediatamente realizzare dove si trovasse. La ragazza riprese quindi il vassoio e lo sistemò sul letto in modo che non potesse rovesciarsi. Conteneva frutta, pane tostato, marmellate di diversi tipi, tè, caffè ed un bellissimo fiore al centro.

«Che ore sono?» domandò alla ragazza.

«Sono le dieci, signorina», rispose la cameriera con molto garbo.

Merit chiese di William e la ragazza rispose che il Principe William era andato a letto all'alba e che si sarebbe svegliato verso le due del pomeriggio, come quasi tutti i giorni.

Dopo la colazione ed una doccia ristoratrice, Merit cominciò a guardarsi intorno nella stanza pensando che non poteva certo indossare l'abito della sera prima, troppo elegante e fuori contesto e che, sicuramente, quella stanza era dotata di ogni optional e concepita per servire al meglio gli ospiti, in questo caso lei. Notò una porta chiusa da due ante scorrevoli, si avvicinò e l'aprì. Era una cabina armadio con scaffali e appendiabiti completamente forniti, ce n'era per tutti i gusti e, ad un primo sguardo, sembrava tutto della sua taglia. Evidentemente l'invito, seguito dal suo pernottamento, era preparato da tempo. Be', pensò, la cosa non mi dispiace né mi preoccupa e godiamoci la giornata, tanto, il giorno dopo, sarebbe stata ancora quella di sempre.

Scelse un vestito morbido di colore beige con delle scarpe abbinate e uscì dalla stanza con l'idea di fare una passeggiata nei giardini del castello che aveva visto dalla finestra. Scendendo dal secondo piano non incontrò nessuno, ma avvertì dei rumori in altri ambienti, probabilmente la servitù era all'opera fin dalle prime ore per sistemare e pulire dalla festa precedente.

Uscì dal castello ritrovandosi nella grande piazza antistante l'entrata. C'erano ancora alcune auto parcheggiate, sicuramente non era l'unica che si era fermata per la notte. Si incamminò quindi in una direzione che sembrava portasse nel retro, dove i giardini l'aspettavano. Così fu, in un attimo si ritrovò immersa in un ambiente da favola: fiori di tutti i tipi, piante, aiuole come opere d'arte, siepi che sembravano intagliate da uno scultore, fontane di ogni forma e tanto, tantissimo verde. Prese un sentiero e proseguì rapita dal quel paesaggio fiabesco fino a quando, senza rendersene conto, le siepi a lato del sentiero si fecero alte ed impenetrabili allo sguardo. Il percorso compiva curve strette ed in alcuni punti uno sbarramento la costringeva a tornare sui suoi passi e cambiare strada.

Accidenti! Ma questo è un labirinto, pensò, e adesso come esco? Girò a lungo in quel dedalo di sentieri, guardando in alto cercando di capire dalla posizione del sole dove potesse essere il castello. Era però difficile e si sentì come una stupida caduta in trappola.

Improvvisamente il miracolo: l'entrata del labirinto era davanti a lei. Corse fuori come per sfuggire a qualcuno, e rientrò al castello. Per quella mattina aveva visto abbastanza.

Le finestre erano ancora tutte chiuse ed oscurate e, se non fosse che ormai era giorno fatto, si poteva affermare che il castello era avvolto da una notte fonda.

Entrò e la curiosità di Merit prese il sopravvento. Cominciò a girare per stanze e corridoi fino a che non si fermò davanti a due dipinti che attirarono maggiormente la sua attenzione.

«Questo è il mio bisnonno, il Conte Grey, e questa è mia nonna, la Principessa Margaret.»

Merit fece un balzo, non si aspettava che ci fosse qualcuno dietro di lei, pensava davvero di essere sola e che tutti stessero ancora dormendo.

«William, pensavo dormissi ancora», disse visibilmente agitata.

«Volevo vederti il prima possibile, scusa se ti ho spaventato.»

«Non importa. Comunque ti assomiglia, il tuo bisnonno intendo», disse ormai tranquillizzata.

«Avrai fame» disse lui cambiando discorso «Tra poco ti porteranno il pranzo.»

«Mi porteranno? Voi non mangiate?»

«Certo, ma vedi… per noi è un po' più complicato.»

Merit sorrise, in effetti poteva anche immaginarselo, quindi soprassedette e chiese di suo padre e sua sorella.

«Sono andati via, come tutti gli altri. Siamo soli», rispose.

Quindi si sbagliava, nessuno era rimasto degli ospiti. E il padre? La sorella? Dov'erano? Sapeva che durante il giorno, in teoria, i vampiri non possono uscire, e allora dove sono? Sono forse andati a dormire in qualche cripta al cimitero? Non lo diede a vedere, ma quell'ultima idea la fece ridere dentro di sé. Si trattenne e decise però di non fare ulteriori domande e di *vivere alla giornata* come si usa dire. Prima o poi, ne era certa, le risposte sarebbero arrivate.

Entrarono in una grande sala (è probabile che non conoscessero il concetto di "piccolo"), doveva essere la sala da pranzo perché un tavolo lungo e stretto - con candelabri, tovaglie, tovagliette, piatti, bicchieri e posate, il tutto sistemato con rara maestria -, era sistemato nel mezzo.

Si sedettero tutti e due ad un lato del tavolo. Merit a capotavola e William alla sua destra. Quasi contemporaneamente entrò una ragazza con lunghi capelli neri raccolti a coda di cavallo, legati insieme ad una cuffietta bianca tipica di una cameriera. Aveva con sé un grande vassoio che, dopo uno scambio di sguardi con William ed ottenendo quindi la conferma che poteva servire, appoggiò sul tavolo davanti a Merit. Poi prese un bicchiere con del liquido rosso scuro (sangue?), e lo sistemò davanti al Principe. Dopo di che, fece un inchino appena accennato e si congedò.

«È tutto per te», disse William invitandomi a mangiare con un gesto della mano.

Merit guardò il vassoio ed aveva solo l'imbarazzo della scelta. Alzò le diverse cloche e, francamente, non si aspettava quel ben di Dio. Iniziò a mangiare con appetito tutte, o quasi, quelle cose squisite gustando ogni singolo morso. Lui la guardava ammirato sorseggiando dal suo calice quell'intruglio rosso. Ogni tanto Merit alzava la testa incrociando lo sguardo di lui, sorrideva, e riprendeva a mangiare. Poi finì, ormai sazia e soddisfatta.

«Vieni con me, voglio farti vedere una cosa», disse William prendendole la mano.

Si alzarono e si diressero alla grande scala. Salirono fino al terzo piano. Merit era visibilmente di buon umore e pensò: certo che in un palazzo del genere, nemmeno un ascensore... La cosa la divertì, ma non disse niente. Percorsero un corridoio allestito come i precedenti: quadri, armature ed una soffice moquette di colore azzurro. Svoltarono un angolo e Merit si trovò davanti ad una vetrata grande come tutta una parete. Un gigantesco acquario di cui non si riusciva a vedere cove finisse, di un blu intenso. Molti pesci di diverse dimensioni nuotavano pigramente, e poi...

«Ehi, ma quello è...», disse Merit affascinata.

«Uno squalo», concluse William, «È il mio angolo preferito, vengo qui quando ho bisogno di pensare e rilassarmi.»

«Stupendo», disse lei estasiata.

Merit si perse letteralmente davanti a quella meraviglia come imbambolata. Il suo sguardo abbracciava tutta la vetrata, tanto da sentirsi a sua volta immersa in quell'acqua limpida. Lo squalo si muoveva lentamente avanti e indietro senza sosta. Sembrava avesse notato la presenza di Merit incrociando di tanto in tanto il suo sguardo.

«Vieni», disse William riportandola alla realtà, e continuarono per un altro corridoio.

Si fermarono davanti ad una massiccia porta in cui campeggiava un sigillo in oro riconoscibile come il sigillo del casato dei Grey.

«Che c'è qui dentro», disse lei incuriosita.

William non rispose e aprì la porta.

«Benvenuta nella mia umile dimora.»

Entrarono in una suite principesca. Un vero e proprio appartamento arredato con eleganza e completo di ogni comfort. Merit sgranò gli occhi e rimase a bocca aperta senza riuscire a dire nulla. Pensò a casa sua, alla sua *insignificante* vita da infermiera, alla sua famiglia, passarono per la sua mente tutta una serie di situazioni che, inevitabilmente, poneva a confronto con quello che stava vedendo e aveva visto. Ma non era invidia la sua, piuttosto una voglia di porre una semplice domanda: ma come si fa ad avere così tanto senza perderne il controllo? Domanda questa che non fece.

«E questa sarebbe la tua... stanza?» Domandò dopo che si riprese.

«Sì, è di tuo gradimento?»

Ma a questa domanda non rispose e disse:

«William, voglio conoscere tutto di te, Dio solo sa quanto lo voglio!»

«Va bene, ma devo avvertirti che probabilmente non ti piacerà quello che scoprirai», disse e, senza aspettare che lei potesse in qualche modo ribattere, l'attirò a sé e l'abbraccio con impeto.

Le loro bocche si unirono in un lungo bacio appassionato. Merit non si aspettava un tale trasporto e si lasciò andare ai sensi che presero possesso del suo corpo inibendo ogni altro tipo di controllo da parte sua. Era ormai in balìa di quell'uomo stupendo che in quel momento poteva davvero fare qualunque cosa. Senza freni, lei non riusciva più a ragionare, era come sotto un magico incantesimo.

«Lascia che ti morda...», William sussurrò guardandola negli occhi che ancora erano chiusi. Merit li aprì lentamente come in trance e vedendo quello sguardo intenso, carnale, avido come mai aveva visto in vita sua, lasciò che le parole uscissero da sole senza il minimo controllo:

«Oh sì, per favore.»

«Io..., io non ti farò del male», disse William, ma lei nemmeno le sentì quelle parole e, lentamente, piegò la testa da un lato offrendogli la pelle liscia e vellutata del suo collo.

Merit sentì la bocca appoggiarsi dolcemente ed i canini affondare nella carne. Sentiva il sangue caldo colare, ma non faceva male, anzi, un fremito di eccitazione le corse lungo tutto il corpo. Un'eccitazione sempre più intensa, un qualcosa che mai avrebbe pensato potesse succederle. Si sentiva ardere di piacere, impossibile spegnere quell'incendio che divampava ormai senza controllo.

«Non fermarti... ti prego», disse quasi priva di sensi.

William lasciò improvvisamente la presa e fissò Merit che nemmeno riusciva a tenere dritta la testa:

«Merit, non posso continuare, devo fermarmi.»

Lei aprì gli occhi e lo fissò a sua volta. Occhi argentati e zanne insanguinate aumentarono la sua eccitazione.

William avvicinò nuovamente la bocca al morso, ma stavolta pulì la ferita con la lingua. Per Merit, con un piacere mai provato, seppe finalmente com'era il settimo cielo.

Continuò poi a baciarla e, improvvisamente e bruscamente, le tolse il vestito quasi strappandoglielo di dosso, le bloccò i polsi sopra la testa, ed in un attimo anche lui si spogliò. Accarezzò il suo corpo morbido esplorando delicatamente fino a raggiungere inevitabilmente la sua femminilità.

Si trascinarono sul letto senza mai lasciarsi. Erano nudi e i corpi, uno sopra l'altro si muovevano in una dolce armonia, come onde del mare. Una passione insaziabile e Merit, in quel turbine d'estasi, sentiva per la prima volta che la sua vita finalmente aveva un senso.

Alla fine, spossati ed estremamente felici, si guardarono con una tenerezza avvolgente. William sembrava volesse dire qualcosa. In cuor suo voleva molto da lei, ma allo stesso tempo la paura per quello che era, per la sua natura diversa, gli creava internamente un conflitto senza vincitori. Alla fine disse:

«Merit, ti conosco appena, tu... hai cominciato a conoscermi. Ci aspetta una grande avventura, ma ti confesso una cosa: fin dal primo momento ho avuto la certezza che fossimo fatti per stare insieme, che i nostri destini si sarebbero uniti in uno solo.» Lei lo abbracciò stretto e a lungo fino a che non si addormentarono come sospesi su una nuvola.

La mattina seguente, lunedì, Merit si svegliò presto e per niente riposata per la notte appena trascorsa. William dormiva ancora profondamente e decise quindi di non svegliarlo. Una doccia veloce e poi fece per rivestirsi. Purtroppo il vestito era rovinato, in parte strappato. Sorrise pensando a quello che era successo e raccolse in qualche modo l'abito per coprirsi quanto poteva, diede un bacio a William ed uscì dalla stanza (appartamento). Camminava in punta di piedi nella speranza di non incontrare nessuno. Fu fortunata e raggiunse la sua camera degli ospiti al piano di sotto. Lì avrebbe trovato sicuramente l'abito adatto. Indossò un abito che secondo lei era il più adatto a tornare alla realtà di tutti i giorni. Quindi uscì dalla camera e si diresse al piano di sotto.

Sulle scale incontrò la ragazza che il giorno prima le aveva portato la colazione con un altro vassoio.

«Signorina Merit, buongiorno, le stavo portando la colazione. Sapevo che si sarebbe alzata presto, per cui….»

«Grazie, ho un po' di fretta, potrei fare colazione nella sala da pranzo? O da qualsiasi altra parte?»

La ragazza sorrise: «Certamente signorina, mi segua.»

Arrivarono nella sala da pranzo, la stessa del giorno prima. Merit si sedette a capotavola ed il vassoio le fu posto davanti. Poi chiese:

«Mi scusi, potrei sapere il suo nome?»

«Mi chiamo Lucy, signorina.»

«Bene, Lucy, potrebbe chiedere a Jhon se può darmi un passaggio fino a casa mia?»

«Glielo chiedo immediatamente, farò in modo che l'aspetti in macchina. Buon appetito», rispose Lucy congedandosi.

Ma è sicuro che mi sono svegliata? Pensò, o sto ancora sognando. Consumò la lauta colazione ed uscì in cortile.

Come promesso, Jhon era lì, davanti alla scalinata d'ingresso, in macchina che mi aspettava. Vedendomi, scese dall'auto per aprirmi la portiera posteriore.

«Buongiorno, signorina Merit, spero abbia trascorso un piacevole weekend.»

«Stupendo, grazie Jhon.»

Arrivammo a casa. Eccola lì la mia casetta, pensò con una punta di nostalgia. Jhon le aprì la portiera.

«Grazie», disse lei con un sorriso, e si diresse verso casa.

Entrò, prese il suo amato Felis in braccio, e andò alla finestra. Guardava il bosco soprappensiero, fece passare nella sua mente ogni singolo momento di quanto trascorso e pensava: perché io? Poi le venne un'idea. Mise Felis sul divano, prese delle lattine vuote dalla spazzatura, aprì l'armadio, prese la pistola di suo nonno che custodiva gelosamente ed uscì sul retro pensando di fare un po' di pratica. Posizionò le lattine su un ramo e si allontanò di una decina di metri. Si mise a sparare e le lattine volarono in aria una ad una, brava Merit, si disse, non hai perso la mano.

Tornò in casa e prese anche arco e frecce. Questa volta mirò alle piante, senza sbagliarne una, decisamente una novella Robin Hood.

Un applauso scrosciò alle sue spalle. Merit trasalì e si voltò di scatto, era Jhon.

«Jhon? Che ci fai ancora qui?»

«Signorina, dovrebbe saperlo. Non posso andarmene se non sono sicuro che sia tutto a posto. Comunque brava, ha una mira eccellente.»

Allora Merit colse l'occasione per fare una domanda:

«Jhon, pensi che William mi porterà mai con lui a caccia di ribelli?»

Jhon non rispose, ma abbozzò una smorfia molto eloquente. Poi disse:

«Signorina, torno in macchina e aspetto che vada al lavoro. Così, nel frattempo, per qualunque cosa sa dove sono», e se ne andò.

Merit rientrò in casa con l'intento di prepararsi per andare al lavoro. Non si dava però pace, continuava a pensare al weekend appena passato. No, non può essere vero e soprattutto non può essere successo a me, pensava. Era un sogno, sicuramente. Ma poi si guardò allo specchio e notò immediatamente il particolare che subito la riportò alla realtà: due piccoli segni sul collo, due forellini distanziati tra loro, diciamo, come la distanza che c'è tra due canini. Ma allora è successo veramente! Disse ad alta voce.

Dopo un attimo di smarrimento, pian piano le comparve sul viso un sorriso di felicità e ripensò a William, il *suo* uomo. Un ragazzo decisamente strano, se questo può essere il termine adatto, ma eccezionale. Si rese conto di provare un sentimento profondo. Si sentiva desiderata, amata, protetta. Non aveva bisogno d'altro nella vita.

Si vestì in fretta (si stava facendo tardi), scegliendo con cura una maglietta a collo alto.

Al lavoro Merit era come se stesse in un mondo tutto suo, deconcentrata, e questo uno era accettabile per un lavoro come il suo. Si sforzò quindi di non pensare ai giorni precedenti e di tornare con i piedi per terra. Ci riuscì non senza fatica, ma era caparbia e difficilmente si lasciava sopraffare dai sentimenti troppo a lungo. Solo ogni tanto, durante brevi pause, il pensiero tornava inesorabilmente a William.

Arrivò la fine del turno, mezzanotte. Merit si cambiò in fretta e corse al parcheggio. Lui era lì, fermo, immobile, tutto d'un pezzo ad aspettarla. La carnagione bianca, un profumo di fiori di bosco, un aspetto decisamente sinistro, ma già un po' di eccitazione si era impossessata di lei.

Gli corse incontro e l'abbracciò. Lui la baciò come se per anni fossero stati lontani. La giornata, la vita, cominciava in quel momento.

Salirono sull'auto di William ed andarono al Pub (era ancora chiuso al pubblico, Merit non ricordava quando era stata l'ultima volta), entrarono e si sedettero ad un tavolo uno di fronte all'altra. Questa volta un cameriere portò loro da bere. Si guardarono a lungo negli occhi, sembrava stessero comunicando col pensiero.

Improvvisamente arrivò Aron, interrompendo quel loro meraviglioso momento. Era visibilmente preoccupato. Si avvicinò all'orecchio di William e riferì con voce bassa (non troppo, visto che Merit comprese ogni singola parola):

«Principe, questa notte abbiamo due morti in più, una coppia di persone anziane.»

«Torniamo al castello, subito!», impose William.

Merit non si era ancora resa conto di quanto successo, che già erano in macchina diretti a palazzo. William aveva un viso tirato, preoccupato ed immerso nei suoi pensieri. Aron guidava a velocità sostenuta e regnava un silenzio tombale.

Giunsero finalmente al castello in un tempo record, quel silenzio stava diventando veramente pesante. Entrarono.

«Merit, tu resta qui, al sicuro! Noi dobbiamo andare» disse William con tono severo.

«Voglio venire anch'io con voi» protestò Merit come una bambina capricciosa. La risposta fu uno sguardo, come quando un bambino batte i piedi perché vuole a tutti i costi un giocattolo, ed al padre basta un'occhiata per far cessare immediatamente ogni capriccio. Durò un secondo, poi William e Aron si voltarono e scomparvero alla velocità della luce.

Ed eccola lì, ancora una volta sola in quell'immenso edificio. Ma Merit non era poi così... sola.

«A quanto pare siamo rimaste solo noi donne a tenerci compagnia», la voce era quella di Melody, spuntata da chissà dove.

«Già» disse Merit con un'evidente tristezza.

«Non avertene a male, loro cacciano e per fare questo è necessario avere molta concentrazione, allenamento, tanta forza e tanto coraggio. Posso aiutarti in questo, se lo desideri.»

«Oh sì, lo desidero con tutto il cuore, sento che il mio posto è accanto a William. Davvero mi aiuterai?» disse Merit con gli occhi che si illuminavano.

«Certamente» rispose Melody, «Anzi, perché non iniziare subito», e si allontanò di un paio di passi. Poi disse:

«Forza, fammi vedere cosa sai fare!»

Detto questo, si avventò contro Merit, pensando di trovarla impreparata, ma lei non lo era, gliel'aveva insegnato suo nonno: *devi sempre essere pronta a tutto! Vivi come se tutto andasse per il meglio, ma sii sempre preparata al peggio.* Merit aveva imparato bene la lezione e non fu troppo sorpresa. Alzò le braccia per scongiurare la presa di Melody e sferrò un calcio dritto in avanti in perfetto stile karate (non troppo forte, per non far male, ma molto preciso). Melody cadde a terra all'indietro. Poi Merit si scagliò in avanti per finire il lavoro.

«Ok, ok, sei molto brava!» Si affrettò a dire mettendo le mani avanti in segno di resa, «Dammi una mano, aiutami ad alzarmi.» Tutte e due sorrisero.

Si spostarono in una stanza con divani e poltrone, scaffali alle pareti e molti, moltissimi libri. Si sedettero una di fronte all'altra.

«Da quanto tempo sei una vampira?» iniziò Merit dando così sfogo alla sua curiosità.

«Successe l'anno seguente a quello in cui mio fratello fu trasformato. Anch'io contrassi la sua stessa malattia, quindi... eccomi qui, una vampira in piena regola.»

«Hai dei rimpianti? Intendo per la tua vita precedente, quando eri una mortale, un'umana insomma.»

«Direi di no, in fondo ho coronato il sogno di tutte le donne: non invecchiare mai», rispose Melody con un bel sorriso.

Dopo questo, come poteva Merit darle torto? Ricambiò quindi il sorriso in segno di complicità femminile. Ma ovviamente non poteva essere d'accordo. L'immortalità significava sofferenza e solitudine. Assistere alla morte di amici e parenti ed ogni volta ricominciare daccapo era per Merit inaccettabile. Si rese anche conto di non poterne discutere con una vanitosa vampira.

Il sorriso di complicità era stata sicuramente la scelta migliore.

Comodamente sedute in poltrona, conversarono a lungo incuranti del tempo che passava. Parlarono delle rispettive famiglie, della loro vita passata, delle proprie aspirazioni e dei propri sogni. Merit si accorse che, nonostante lo sfarzo in cui viveva Melody, che la propria esistenza era di gran lunga più ricca e per nulla al mondo, in quel momento, avrebbe fatto cambio. Ad un certo punto chiese:

«Melody, parlami di tua madre, se vuoi naturalmente.»

«Nessun problema», disse «… ero piccola quando se ne andò, ed i miei ricordi sono per lo più riportati da mio padre, purtroppo i miei sono annebbiati. So che era malata di cancro e, dopo una lunga agonia, morì in una calda giornata d'agosto. È successo troppo presto per poter essere *trasformata,* non eravamo ancora abbastanza vicino al mondo a cui ora apparteniamo.»

«Mi dispiace, William non mi ha mai detto niente», commentò Merit, realmente dispiaciuta.

«Immagino, William era molto legato a lei. Quanto è successo lo ha segnato nel profondo. Non ama parlarne», poi riprese: «Tutto sommato, a conti fatti, la mia vita non è stata un gran ché fino a questo momento. Un gran lusso, ma… cosa mi è rimasto in mano?»

Merit ascoltava con attenzione e provando un senso di tristezza. Pensava al week end appena trascorso e all'invidia che provava. Quanto si sbagliava, la vera ricchezza era la sua. Anzi, per un attimo, le sembrò di scorgere quell'invidia negli occhi di Melody.

Nel frattempo arrivarono Aron e William.

«Com'è andata?» Chiese Melody rivolta ai due appena entrati.

Rispose Aron: «Siamo riusciti a catturare due ribelli, gli autori dell'omicidio di quei due poveretti. Sono già sottochiave con i polsi che bruciano, grazie ai nostri *braccialetti* d'argento.»

«Dove li avete catturati?» Chiese Merit. Fu ancora Aron a rispondere: «Non ha importanza», e distolse lo sguardo.

A Merit non sfuggì quel voler eludere la domanda, come non le sfuggì quel velo di preoccupazione sul viso di William.

«Oh, andiamo, non sarà mica un segreto di stato», incalzò nuovamente.

Dopo un appena percettibile scambio di sguardi tra Aron e William, quest'ultimo rispose:

«E va bene, Merit, li abbiamo presi appena ad un centinaio di metri da casa tua, ok?»

Ci fu un momento di silenzio e sembrava che Merit non sapesse cosa dire. Stava riflettendo: *ma, ad un centinaio di metri da casa mia c'è ancora il bosco e non ci sono altre abitazioni vicine. Quindi come mai si trovavano in quella zona? La spiegazione più logica è che cercassero me. Ma perché proprio io? Non sono nessuno e non è nemmeno tanto tempo che abito in quella baita.* Improvvisamente si ridestò e disse:

«William stai tranquillo, non mi accadrà niente. Sono parole tue, giusto? A proposito, avete una mezza idea del perché si trovassero da quelle parti?»

Sembrava che Aron avesse una risposta:

«Mi sono permesso di fare qualche ricerca su di te, Merit, e pare che io abbia conosciuto tuo nonno ed il tuo bisnonno. Erano cacciatori di vampiri. Padre e figlio insieme nella lotta. Devi pensare che esistono due mondi: uno è solo una facciata dove vivono persone come te. Persone che combattono con la quotidianità, che hanno il loro lavoro, la loro famiglia… Poi c'è il mondo reale, quello in cui viviamo noi, che combattiamo per la nostra ed anche la vostra sopravvivenza. Siamo dietro le quinte, ma rivestiamo un ruolo fondamentale», fece una pausa, più che altro per dare a Merit il tempo di assimilare. Poi riprese:

«Loro non erano vampiri, non conoscevano la differenza tra noi ed i vampiri ribelli. Per loro eravamo tutti uguali ed avevano una sola missione: sterminarci tutti. Durante un combattimento, era l'anno 1870, quasi ci riuscirono, erano delle autentiche furie, incontenibili.

William ed io riuscimmo a scappare. Per anni ci diedero la caccia. Sentivamo la loro presenza sempre molto vicino.

Come puoi vedere tu stessa, però, non ci riuscirono. Pensa, oggi sei qui, nella casa dei nemici dei tuoi avi.»

«Non so che dire, è evidente che non sapessero come stavano le cose. A quei tempi non andavano certo per il sottile», disse Merit come per scusarsi del comportamento della sua famiglia. Poi Aron riprese:

«Nella casa che hai ereditato, ci sarà sicuramente un arsenale nascosto da qualche parte. Non so, lame d'argento, vecchie pistole con proiettili anch'essi in argento, paletti in frassino e chissà cos'altro. Roba del genere per forza ci deve essere.»

«Vi assicuro che non c'è niente, ma se siete così sicuri, prometto che cercherò meglio.»

«Merit», disse William «Avevamo un gran rispetto dei tuoi avi, coraggiosi e determinati a portare a termine il compito che si erano prefissi. Ma ora ci sei tu, e nelle tue vene scorre lo stesso sangue e temperamento. Hai però una visione diversa perché ci conosci. Melody dice che non sei niente male a combattere, e Jhon ti ha visto usare delle armi con maestria. Ho grandi aspettative su di te, io ti guarderò sempre le spalle ed un giorno sarai tu a guardare le mie.»

Quelle parole riempirono Merit d'orgoglio, voleva abbracciare tutti quanti, ma si trattenne entrando nel ruolo di una guerriera cazzuta che non si lascia andare in smancerie. Si limitò a sorridere ed annuire in modo appena percettibile.

«Be', si è fatto tardi, domani devo andare a lavorare. Qualcuno può accompagnarmi a casa?»

«Ti accompagno io», rispose Aron «Poi, domattina, troverai la tua auto parcheggiata nel vialetto della tua baita.»

«Grazie, sei molto gentile», disse. Salutò Merit, diede la buona notte a William ed uscì dal castello con Aron che le faceva strada. In auto non parlarono molto se non del fatto che Aron insisteva con lo spingere Merit a cercare quelle armi.

«Impossibile che non ci siano, vivevano in quella casa e non mi risulta avessero un posto dove nascondersi, anche perché, nascondersi non era nella loro natura. Non avevano paura di niente e di nessuno, ed era loro convinzione che erano gli altri a doverli temere. Questo è un motivo in più che ha fatto in modo di guadagnarsi il nostro rispetto. Una guerra senza rispetto è solo una rissa da strada.»

«Ascoltami, Aron, la casa non è un castello, c'è voluto molto poco a passare in tutte le stanze per sistemare le mie cose quando sono arrivata. Se ci fossero state quelle armi che dici, non credi che me ne sarei accorta? Comunque tranquillo, guarderò ancora, e stavolta non mi darò pace fino a quando non avrò trovato anche solo una collanina d'argento.»

«Non c'è da scherzare, Merit, quella gente è pericolosa.»

«Scusa, non volevo essere sarcastica, a volte le parole mi escono da sole», disse Merit.

Finalmente arrivarono a destinazione. Merit scese dall'auto, salutò Aron e si diresse alla porta d'ingresso. L'aprì e si voltò guardando Aron che, ovviamente, non se n'era andato (aspettava che entrasse e che fosse al sicuro), lo salutò ancora con un gesto ed entrò chiudendosi la porta alle spalle.

Accidenti, pensò, possibile che ci sia un nascondiglio che mi è sfuggito? Dev'essere una finta parete. Cominciò allora a camminare lungo le pareti – di andare a dormire non ci pensava nemmeno, sarebbe stato comunque inutile -, picchiettando con le nocche per sentire qualche suono che indicasse un vuoto. Le stanze erano quasi esaurite, quando sentì invece, camminando piano come stava facendo, uno scricchiolio diverso sotto i piedi. Si fermò di colpo e guardò in basso. Non vide nulla di strano. Fece allora pressione con il piede e vide una trave del pavimento che si sollevava appena in un angolo.

Si inginocchiò e cercò di sollevare quell'angolo con le unghie, ma non ci riuscì. Corse allora in cucina, prese un robusto coltello e tornò alla trave. Facendo leva con forza, si sollevò, e notò che altre travi erano collegate alla prima e tutte insieme si stavano muovendo. Scoprì un'apertura di circa un metro per un metro che portava sotto la casa con una scala molto ripida. Dal pavimento dove si trovava Merit, non si riusciva a vedere il fondo. Prese una torcia e cominciò a scendere con estrema cautela. Arrivata in fondo venne assalita da un forte odore di muffa, chissà da quanto tempo nessuno metteva piede là sotto. Si guardò intorno e vide una lampadina appesa al soffitto con una cordicella che penzolava. Tirò e la lampada si accese illuminando tutto lo scantinato.

Merit non credeva ai propri occhi: armi di ogni genere appese in ordine su tutte le pareti, armi da taglio grandi e piccole con lame lucenti sicuramente d'argento, legni appuntiti lunghi come lance e corti come pugnali. In un angolo un'incudine ed una forgia che voleva dire che tutto era fatto a mano in quel locale interrato e segreto.

L'attenzione poi fu catturata da una fotografia appesa in mezzo ad una parete (doveva essere una delle prime dato che, se la memoria non la ingannava, la fotografia nacque intorno al 1840) con raffigurate due persone: un uomo che a occhio e croce poteva essere sulla trentina ed un bambino. Si avvicinò e lesse la piccola scritta in basso: *Charlie con suo figlio.* Il suo bisnonno si chiamava Charlie.

Merit non poté fare a meno di commuoversi a quella vista, ma nello stesso momento un turbinio di domande invasero la sua mente. *Mio padre sapeva della doppia vita di suo nonno e del suo stesso padre? E se sì, perché non mi aveva mai detto niente?*

Rifletté per un istante: *no, non può essere che mio padre sapesse qualcosa, lui era diverso: un brav'uomo, onesto, premuroso, un uomo del tipo vivi e lascia vivere. E poi era mio nonno che faceva di tutto perché io sapessi affrontare la vita, preparandomi al peggio che potesse succedere. Lui voleva proteggermi.*

Charlie ed il figlio, due cacciatori di vampiri, pensò, per anni hanno dato la caccia a William ed alla sua famiglia e adesso eccomi qua, innamorata pazza del nemico da cui mio nonno mi ha sempre messo in guardia. In questo momento si starà rigirando nella tomba e, se tornasse in vita, probabilmente ucciderebbe anche me. Pensando queste cose un brivido le corse lungo la schiena e per tutto il corpo.

«Sono sicura però che riuscirò a renderlo fiero di me», disse a se stessa, come un sussurro.

Era ormai tardissimo e, ripensando a dove avevano catturato i due ribelli quella stessa notte, decise di prendere un po' di quelle armi, metterle in una borsa e portare il tutto sotto al suo letto, a portata di mano. Lasciò fuori solo un paletto di legno che avrebbe messo poi nella sua borsetta e portato con sé (non si sa mai). Risalì in casa, richiuse accuratamente la botola e, sfinita, andò a dormire.

Nonostante la notte appena trascorsa, Merit si svegliò di buon'ora, riposata e pronta, come sempre, per andare al lavoro. Come le avevano promesso la sua auto era parcheggiata davanti casa e le chiavi nella cassetta della posta. La sua natura era sempre stata quella di condividere la sua gioia con persone che riteneva amici, ma in questo caso non poteva certo raccontare tutto. Al lavoro non poté nascondere lo stato euforico in cui si trovava ed era normale che tutti se ne accorgessero. Alla domanda però dei *ma che ti è successo?* Si limitava a rispondere che finalmente aveva trovato un fidanzato, quello che aveva sempre sognato.

Il turno finì a mezzanotte e Merit si diresse al parcheggio dove l'attendeva come un cane fedele la sua auto. Solo l'auto, purtroppo, William non c'era. Lei ci rimase un po' male, anche se sapeva che non ci sarebbe stato. Salì in macchina e, dopo i soliti tentativi per farla partire, il motore si avviò e partì. Prima di uscire dal parcheggio guardò nello specchietto, forse come ultima speranza di vedere il suo ragazzo, ma ahimè, a parte una sagoma nell'oscurità che era evidente non fosse lui, non c'era nessun altro.

Arrivata a casa, entrando nel vialetto, fermò l'auto di colpo. I fari illuminavano il cortile e, ferma immobile davanti all'ingresso, vide una ragazza, magra, che fissava Merit con uno sguardo stralunato, il capo leggermente piegato da un lato e sembrava non volesse spostarsi. Impossibile evitarla, era chiaro che aspettava proprio lei. Ancora le venne in mente la notte precedente quando Aron e William avevano catturato quei ribelli proprio in quella zona. Non ci volle molto perché Merit facesse due più due e capì immediatamente la situazione. Questo è il momento della verità, pensò.

Frugò nella borsa e prese il paletto che quella stessa mattina decise di portare con sé e scese dalla macchina. Teneva il paletto nascosto dietro la schiena e si avvicinò alla ragazza. Aveva capelli neri, lisci e lunghi fino alla vita ed sorriso comparve sulla sua bocca. Merit ebbe un brivido.

«Tu sei la ragazza del Principe», affermò la ragazza con voce roca sollevando un braccio indicandola, «Non vivrai abbastanza per godertelo, siamo in molti e c'è una taglia sulla tua testa.»

A quelle parole, Merit restò impietrita, evidentemente sapeva che quella sera sarebbe stata sola. Questa gente mi controlla, pensò, controllano tutti, devono avere contatti ovunque, o semplicemente quella figura che aveva notato nel parcheggio era probabilmente un complice che si accertava che fossi sola.

Improvvisamente la ragazza cambiò espressione e mostrò due zanne avorio che quasi brillavano in quella penombra e due occhi spalancati luminosi come l'argento. In una frazione di secondo la ragazza dai capelli neri le si scagliò fulminea contro. Merit ebbe un guizzo, si spostò di lato quanto basta per evitare l'attacco, ma non troppo per poter piantarle con forza ed in profondità il paletto in mezzo al petto.

La ragazza cadde a terra in preda a convulsioni e grida di dolore. La pelle sembrava che bruciasse, fino a quando si deteriorò fino a disintegrarsi. Non rimase quasi nulla per terra, solo polvere.

Ancora in preda ad una scarica di adrenalina, si disse: «Sanno dove abito, con chi sto e dove lavoro… sanno tutto di me, ma una cosa è certa: d'ora in poi se la vedranno con una cacciatrice. Lo giuro!»

Portò l'auto sotto casa, entrò e, ormai certa che la serata fosse finita senza ulteriori sorprese e fiera di se stessa come non mai, andò a dormire.

Monica Jacqueline Boerr – Merit

QUINTA PARTE

Il giorno dopo Merit si svegliò serena, per niente preoccupata per ciò che successe quella notte. Si sentiva una persona nuova, forte, potente, fiera di essere riuscita a fare quello che fece solo qualche ora prima. Non vedeva l'ora di raccontare tutto a William, ma dopo qualche attimo di riflessione pensò che forse non era il caso. La natura protettiva del suo ragazzo le avrebbe sicuramente limitato la libertà di movimento non lasciandola più sola. Decise quindi di non dire niente, almeno per il momento.

Quella mattina Merit aveva chiaro in mente cosa fare, non doveva andare a lavorare e quindi cominciò ad organizzarsi.

Per prima cosa telefonò alla sua cara amica Siria:

«Pronto?»

«Ciao Siria, sono Merit, scusa l'orario ma dovrei chiederti un favore, se puoi.»

«Volentieri se posso, spara!» disse con una voce ancora un po' addormentata.

«Ascolta, per qualche giorno, purtroppo non so per quanto, ho bisogno di risolvere alcune questioni personali e non posso occuparmi di Felis come meriterebbe. Non è che tu potresti tenermelo? È un bravo micio, non ti darà alcun fastidio.»

Ci fu un attimo di silenzio, che a Merit parve un'eternità. Poi Siria rispose:

«Ma certo, figurati, nessun problema, staremo benissimo insieme», perfetto, pensò Merit, una cosa è fatta.

«Grazie, sei davvero un'amica. Ti devo un favore, passo più tardi. Ciao e… grazie ancora.»

Naturalmente un po' le dispiaceva separarsi da Felis, ma pensò anche che chi ne avrebbe sicuramente sofferto meno era proprio il gatto. Sono animali indipendenti e superano benissimo i distacchi emotivi. Un problema sarebbe stato se avesse avuto un cane, ma per fortuna non era così. Prese in braccio il suo gatto e lo fissò negli occhi: «Scusa Felis, devo lasciarti per un po', ma è per una buona causa, mi capisci?»

Lo sguardo enigmatico di Felis pareva dire *va' pure, non pensare a me, starò benissimo.*

Bene, pensò rimettendo il suo micione sul divano, passiamo al passo successivo, i miei!

Chiamò quindi i suoi genitori, rispose la mamma e, dopo i soliti come state, io sto bene e come ve la passate, Merit volle parlare con suo padre (che era anche il motivo principale di quella telefonata).

«Ciao papà, come stai?»

«Sto bene, grazie Merit, è un piacere sentirti. C'è qualcosa che non va? Hai una strana voce», disse non nascondendo un ché di preoccupazione.

«Papà, ho trovato delle armi in casa. Tu ne sapevi qualcosa?»

Ci fu qualche istante di silenzio imbarazzante, che a Merit parve un'eternità.

«No, mia cara, non sapevo dell'esistenza di armi, posso solo riferirti i racconti di mio padre e di mio nonno, cioè che davano la caccia ad esseri soprannaturali. Ero piccolo e tutte quelle storie erano favole per me. Come quelle che si raccontano per fare addormentare, solo un po' più cruente. Loro erano sempre insieme, a volte sparivano per tornare poi dopo giorni.

Per anni sentivo le loro storie alle quali sinceramente non ho mai creduto. Ciò che invece credevo era che erano sì grandi cacciatori, ma solo di animali selvaggi. Ripensando a certe situazioni, ora capisco che loro sapevano di non essere creduti e che la loro stirpe di guerrieri contro il soprannaturale, sarebbe morta con loro. Io non sarei mai stato un loro seguace. Morirono entrambi in un ospedale di pazzia, ma forse la diagnosi fu affrettata.»

Merit restò in silenzio, era chiaro che ora qualche dubbio nella mente di mio padre lo tormentava e non se la sentì di raccontargli la verità.

«Grazie, papà, per aver condiviso con me questa storia. Avremo sicuramente modo e occasione di tornare in argomento. Ora ti lascio, salutami la mamma, a presto», e riagganciò.

Morirono rinchiusi i un ospedale ritenuti pazzi.

Ma non lo erano, ora Merit lo sapeva e, più ci pensava, più era sicura e consapevole di quello che doveva fare: la stirpe di cacciatori sarebbe continuata.

Ora doveva solo organizzarsi. Cominciò col portare Felis dalla sua amica (troppo pericoloso per lui rimanere in quella casa). Poi ritornò, scese dalla botola nella camera interrata delle armi e cominciò a guardarsi intorno con molta più attenzione rispetto alla prima volta.

Prese una spada che assomigliava molto ad una katana giapponese, guardò la lama e notò che l'argento era solo un sottile rivestimento di un acciaio damasco di notevole fattura. Merit un po' se ne intendeva di metalli si compiacque dell'ottimo lavoro che i suoi nonni fecero. C'erano sul filo delle leggerissime sbeccatura che non potevano compromettere in alcun modo l'integrità strutturale dell'arma.

Chissà quanti vampiri ha ucciso, pensò.

Prese poi un revolver, doveva essere uno dei primi costruito da Colt, un calibro 34 (ma ce n'erano altri più massicci, forse calibro 44). I proiettili, sfusi in una scatola e palesemente costruiti a mano, erano anch'essi rivestiti in argento. L'anima era in piombo.

Archi, balestre, coltelli di ogni forma e grandezza, grossi punteruoli in acciaio e argento che potevano benissimo sostituire quelli classici in frassino. E le frecce? Che dire, avevano punte così solide che nemmeno se scagliate contro una roccia potevano rompersi.

Merit si perse nelle armi per ore, senza rendersi conto del tempo che passava. Era affascinata ed eccitata nello stesso tempo. Notò anche, dietro la ripida scala di legno, un armadio abbastanza malridotto, chiuso. Naturalmente si precipitò ad aprirlo e vide una serie di abiti in pelle nera, fatti rigorosamente a mano con cuciture a vista borchie, bottoni in metallo e rinforzi su spalle e gomiti, e stivali che sembravano anfibi militari, probabilmente indumenti da *caccia* del suo bisnonno e di suo figlio.

Notò con piacere che quelli del figlio, all'epoca adolescente, potevano essere della sua misura. Subito li prese e tentò di indossarli. Le stavano a pennello. Perfetto, ora aveva anche una divisa decisamente inaspettata. Finì di vestirsi, con tanto di tracolla e cinturone con fondina, e subito si guardò in uno specchio impolverato appoggiato ad una parete. Accidenti, sembro un super eroe della Marvel, disse tra sé. Si sentiva invincibile. Ora era davvero in un altro mondo, quello dei combattimenti per la sopravvivenza, a proprio agio in quel sapore di antico e misterioso.

La giornata, per quanto non se ne rese conto tanto era immersa in tutte quelle novità, stava però volgendo al termine; se ne accorse quando prese il cellulare per tornare in casa e guardò l'ora.

«È il caso che mangi qualcosa, sarà una lunga notte», si disse.

Finì di cenare e cominciò a prepararsi. Quella notte voleva essere una cacciatrice a tutti gli effetti, avrebbe cominciato con il pattugliare i dintorni della sua abitazione. Era *ricercata* dai ribelli che la volevano morta quindi, in qualche modo, doveva pur proteggere se stessa e la sua proprietà e, come si dice, la miglior difesa è sempre stata l'attacco.

Scese nuovamente sotto la casa e prese due coltelli di ottima fattura – uno sembrava un piccolo machete – e li infilò nella cintura spessa di cuoio, altri due più piccoli li sistemò ognuno in ogni scarpone (all'interno avevano una piccola tasca proprio per quello scopo), due pistole che ripose nelle fondine agganciate e legate alle cosce per un'estrazione più rapida, la katana (il cui fodero era posizionato sulla schiena tutt'uno con una specie di pettorina fatta di cinghie e passanti per i paletti), l'arco ed una faretra stracolma di robustissime frecce.

Il sole stava tramontando ed a quelle latitudini faceva buio presto, così, con l'adrenalina che montava all'impazzata, uscì di casa per inoltrarsi nella fitta vegetazione.

Ormai il giorno si stava facendo da parte per lasciare il posto alla notte, e la visibilità era sempre più scarsa. Merit doveva affidarsi all'udito ed alla sua capacità di scorgere tra i vari suoni del bosco, eventuali rumori sospetti. Cercava di muoversi in tondo percorrendo un'immaginaria spirale che pian piano si allontanava dal centro, la baita. Questo per coprire un'ampia superficie con logica, senza tralasciare nulla.

Chissà cosa direbbe William se sapesse dove sono in questo momento e cosa sto facendo, pensò, mi rinchiuderebbe nelle segrete del castello solo per tenermi al sicuro. Questo pensiero le strappò un sorriso.

Era difficile muoversi per via dell'oscurità, ma quella notte la luna, complice con un cielo limpido, rischiarava il percorso quel tanto che bastava. Improvvisamente un fruscio davanti a sé. Merit si bloccò ed istintivamente estrasse la pistola dalla fondina guardando in direzione del rumore sospetto. Fu in quel momento che, lentamente, comparve un individuo dallo sguardo abbastanza minaccioso. Era giovane, poteva avere sui diciassette anni, alto e con capelli incolti.

«Ciao, Merit, ti stavo aspettando, sapevo che prima o poi ti avrei trovato sola ed in campo aperto», disse l'uomo con voce bassa quasi strascicata.

«Stanotte ho particolarmente fame e tu sei capitata a proposito», riprese, ed avanzò verso Merit mostrando due lunghe zanne e gli occhi si facevano brillanti come la luce lunare.

«Spiacente, ma credo rimarrai a bocca asciutta, io non sono la tua cena!» Rispose Merit prendendo la mira e facendo fuoco. L'impatto del proiettile sul petto dell'uomo, lo fece sobbalzare indietro di almeno un metro scaraventandolo a terra. Si contorceva gridando facendo versi disumani fino a polverizzarsi.

Bene, pensò Merit, le armi funzionano a meraviglia.

Si rimise in cammino.

Percorse all'incirca un paio di chilometri – quel bosco era veramente grande -, quando davanti a sé sentì un vero trambusto. Si avvicinò e si nascose dietro un grande masso, sollevò la testa e vide Melody e William che lottavano con dei ribelli. Melody era a terra, immobilizzata da un succhiasangue che, sopra di lei, le teneva le mani accingendosi a morderla, William sembrava cavarsela. Merit allora non perse nemmeno un secondo, uscì dal nascondiglio brandendo l'arco ed incoccando una freccia. Prese la mira e scagliò il dardo con estrema precisione trafiggendo il collo dell'aggressore. Questi cadde di lato svanendo in una nuvola di cenere.

«Merit! Che ci fai qui? Non che non mi faccia piacere di vederti, mi hai salvato la vita», disse Melody sorpresa e alzandosi in piedi.

William, nonostante il combattimento, non perse la scena e, liberatori finalmente del suo avversario, si avvicinò. Non fece però in tempo a dire nulla, perché dalla boscaglia uscirono tre ribelli decisi ad uccidere. Erano magri, ma con una muscolatura non da poco. Uno di loro si rivolse a Merit: «Ciao, bambolina, giochiamo un po' insieme.»

«Perché invece non giochi con me?» Disse William mettendosi tra Merit ed il losco individuo.

Il vampiro si scagliò subito contro William iniziando una furibonda lotta senza esclusione di colpi. Gli altri due, spinti dal desiderio di intascare la ricompensa, si gettarono su Merit. Lei non si lasciò sorprendere e con una mossa fulminea riuscì a piantare nel petto del primo che le capitò a tiro un paletto metallico estratto dalla sua bandoliera. Il malcapitato rovinò a terra in preda a spasmi e grida fino a disintegrarsi, ma ne restava ancora uno e questa volta Merit non riuscì a fare nulla per difendersi. Era decisamente più massiccio del primo e non dovette sforzarsi troppo per prendere la ragazza, sollevarla e scagliarla per terra. Merit provò un dolore terribile, cadde vicino ad un grosso masso e probabilmente urtò con una spalla. In un attimo l'*uomo* fu sopra di lei, estrasse un coltello e la colpì con forza con il pomello – per fortuna il coltello non aveva uno spacca cranio -. Credette di perdere i sensi, per un momento vide tutto buio, ma riuscì a restare cosciente.

«Ti fa male, principessa? Preparati a morire», disse il *succhiasangue* con un sadico ghigno e sollevando il coltello, ma non fece in tempo ad abbassare la lama che cadde di lato. La spada di William l'aveva trafitto alla schiena uccidendolo sul colpo.

Merit aveva la vista annebbiata, ma non tanto da non riconoscere William che ora inginocchiato accanto a lei sorreggendole la testa.

«Merit, stai bene? Parlami, di' qualcosa», chiese spaventato.

«Mi fa male...», rispose con un fil di voce e poi, tutto si fece buio.

Quando riprese i sensi, si ritrovò nella stanza che riconobbe come la stanza di William dove aveva trascorso ore felici qualche giorno prima. Accanto al letto c'era William con il dottor Logan che mi teneva il polso guardando l'orologio.

«Bentornata tra noi, mia bella cacciatrice», disse William con un sorriso, «Mi dovrai dare un mucchio di spiegazioni, quello che hai fatto è stato avventato e molto pericoloso. Se non ci fossi stato io ora... saresti morta.»

«Lo so, ma c'è una taglia sulla mia testa e devo pur difendermi in qualche modo, non posso stare sempre sotto le tue ali», si giustificò Merit senza mezzi termini.

«Ok, lo capisco, ma tu non c'entri nulla, loro ce l'hanno con me e non si daranno pace fino a quando non mi avranno eliminato.

Loro se la prendono con te solo per colpire me. Starai per un po' al castello, qui non ti succederà e non ti mancherà nulla, e poi è anche una prescrizione medica, non è vero dottor Logan?»

«Certamente, Merit, devi riposare, prendi queste medicine che ti aiuteranno a rilassarti», rispose il dottore porgendole una confezione di pillole.

Tutti uscirono dalla stanza e lei si ritrovò sola a guardare il soffitto e meditare su quanto accaduto. Ma cosa mi è venuto in mente? Si disse, cosa cavolo volevo fare? Ora William penserà che non sono all'altezza e sarà ancora più preoccupato per me. Assorta com'era nei suoi pensieri, trasalì quando sentì bussare alla porta. Era Melody che voleva sapere come stava e ringraziarla ancora una volta.

Be', Merit aveva tante persone intorno che le volevano bene. Non era più sola.

Quando si svegliò non riusciva a rendersi conto di quanto tempo fosse trascorso, si sentiva riposata ed arrivò alla conclusione che le medicine del dottor Logan erano dei veri toccasana. Dovrò chiedergli una fornitura a vita, pensò sorridendo. Si guardò intorno e constatò che qualcuno si era preoccupato a recapitarle alcune cose da casa sua. Molto premurosi.

Poi la porta si aprì lentamente e fece capolino una ragazza.

«Ah, bene, si è svegliata, le porto subito la cena», disse la nuova arrivata.

«Aspetta! Scusami, ma quanto ho dormito?» Chiese Merit.

«Non saprei, ma un paio di giorni fa mi hanno avvertito della sua presenza e di non disturbarla.»

Due giorni? Accidenti dottor Logan, ma cosa mi ha dato? Si disse, ma per fortuna aveva chiesto una settimana di ferie anticipate.

«Grazie, ho una fame da lupo», disse Merit alla ragazza, che sorrise e sparì richiudendo la porta.

Passò qualche minuto e la porta della stanza si riaprì e comparve la ragazza con un vassoio apparentemente stracolmo di leccornìe di ogni genere, al seguito c'era anche Melody con un gran sorriso.

«Ben svegliata, principessa, come ti senti?»

«Veramente bene, grazie, non mi sono resa conto di aver dormito tanto», rispose Merit sentendosi davvero una principessa.

«Mi sono permessa di portarti uno dei miei vestiti, al piano di sotto c'è una persona che vuole conoscerti e non mi è sembrato il caso che tu potessi presentarti vestita da… insomma, hai capito», disse Melody.

«Certamente, ti ringrazio, sei molto gentile. Ma chi è che vuole conoscermi?»

«Si chiama Roberto, è italiano ed anche Maestro del casato in Italia.»

«Italiano? Non conosco nessun italiano, e poi perché mai vorrà vedermi? Non capisco»

A quel punto Melody si avvicinò, la guardò negli occhi e disse sorridendo:

«Mia cara, che ti piaccia o no… tu sei la fidanzata del principe.»

Merit guardò Melody con un'espressione interrogativa, non riusciva a capire quella sua affermazione. Poi però comprese: in quell'ambiente faceva la parte della "first lady". E pensare che fin da piccola sognava una famiglia normale, con un marito normale, con figli normali e, perché no, anche con un cane normale. Non le restava che accettare tutto questo!

«Come volete…», disse con rassegnazione, e si alzò. Melody l'aiutò ad indossare il suo vestito di un rosso stupendo. Le stava benissimo, tanto che il suo fisico sembrava quello di una modella. Fantastico.

Scesero le scale e William, appena vide Merit, le corse incontro. La prese per mano e la fissò negli occhi sorridendo.

«Sei bellissima, vieni, che ti presento» le disse.

La condusse in un salone dove si trovavano alcune persone. Ben vestite e di bell'aspetto, soprattutto l'uomo che sembrava spiccare tra tutti. Infatti Merit non si sbagliò, William la condusse proprio davanti a quell'uomo alto e dall'aspetto fiero.

«Merit, ti presento Roberto, ed il suo seguito. Roberto, lei è Merit, mia fidanzata e gioia della mia vita.»

Roberto non disse nulla, si limitò a guardarla dalla testa ai piedi e viceversa con fare pensieroso, tenendosi il mento con una mano. Poi disse:

«William, ma è un'umana! Cosa ti è saltato in mente? Non potevi sceglierne una di noi?»

Certo Roberto non aveva peli sulla lingua, diceva esattamente quello che pensava, senza sfumature o fiorellini.

«La risposta è semplice» rispose William, «io amo questa "umana" e non permetterò a nessuno di portarmela via.»

Roberto si rivolse a Merit: «Hai paura di me?», domandò avvicinandosi tanto da annusarle il collo.

«Dovrei?» rispose Merit sostenendo il suo sguardo e decisamente infastidita da questa sua boria.

«Io non ho paura di nessuno, sono una cacciatrice!»

Continuò completando così la sua risposta. Ma, non aveva ancora finito la frase che se ne pentì subito. Infatti William la guardò subito con rimprovero. Parlo sempre più del necessario, pensò. «Molto interessante» disse Roberto, «mi hanno raccontato che sei una donna forte, preparata e coraggiosa, ma credimi, aver ucciso un paio di ribelli, non fa di te una cacciatrice. Diciamo che... sei stata fortunata. William, immagino, e spero, che tu la trasformerai a breve, altrimenti lo sai, lo farò io.»

«Non lo farò mai, almeno non contro la sua volontà, e non lo farai nemmeno tu», disse William con decisione.

Roberto continuava a fissarla, lui e tutto il suo seguito la fissavano e nella sala cadde un silenzio imbarazzante. Poi improvvisamente Roberto disse:

«Farò di te una stupenda vampira.»

«Dovrai solo provarci, tu non sai cosa sono capace di fare se messa alle strette, e se mai ci riuscirai, al mio risveglio ti ucciderò conficcando il mio pugnale in fondo al tuo cuore», disse Merit cominciando ad agitarsi.

Ci fu però una risata generale, ridevano tutti, compreso William.

«Merit, sto scherzando! Il rispetto che ho verso il nostro maestro supera ogni mio desiderio», poi rivolgendosi al principe: «William, mi piace la tua ragazza, ha carattere e la stoffa per diventare grande. Ora brindiamo a questa strana unione, brindiamo a te, mio principe, ed alla tua dolce compagna.»

Tutti alzarono un calice, come se stesse per iniziare una festa.

William si avvicinò a Merit e la guardò negli occhi.

«Oh, William, mi dispiace, mi sono comportata da maleducata, non so davvero cosa mi ha preso, ma quel Roberto....»

«Non preoccuparti, non ti devi giustificare di nulla, e poi se lo meritava», disse William in un sussurro.

Si sedettero poi intorno ad un tavolo a parlare della guerra sicuramente imminente, dei ribelli che erano sempre più numerosi e affamati, cani sciolti senza una guida. Sottolinearono ancora una volta che Merit era in serio pericolo, e solo per colpire William, ma forse, pensò Merit, anche per una forma di vendetta per quello che fecero i suoi avi. Comunque la notte era ancora lunga e la dolce infermiera era veramente stanca e non vedeva l'ora di andare a dormire e così, dopo essersi scusata con loro, si recò in camera. Roberto e i suoi uomini erano ospiti al castello e sarebbero rimasti un paio di giorni e li avrebbe rivisti il giorno dopo (forse).

Giunta in camera, Merit si preparò per la notte, fece una doccia e si mise subito sotto le coperte pregustando il meritato riposo. Sentì bussare alla porta. Era William.

«Non potevo certo lasciarti addormentare senza una giusta buonanotte, giusto?» Disse, e la baciò dolcemente sulla fronte. A Merit però vennero in mente le parole che il suo fidanzato disse poco prima e chiese:

«Perché hai detto di non volermi trasformare?»

«Merit, io non ti voglio rovinare la vita. Se lo facessi non potresti più rivedere i tuoi genitori, non potrai avere figli e se un giorno avrai il desiderio di formare una famiglia, non potrai farlo. La vita nel nostro mondo è diversa, fatta di solitudine, vedresti tutte le persone a cui ora vuoi bene e sei legata, invecchiare e morire. Ora non te ne rendi conto, ma c'è molta sofferenza in questo. Potresti anche annoiarti e stancarti di me e in quel caso, che cosa faresti? Voglio lasciarti libera di prendere le tue decisioni da sola.»

Merit guardò William fisso negli occhi per un lunghissimo istante, «Mi stai forse dicendo che non potrò contare in un futuro al tuo fianco? E questo solo perché sono umana? Scusa ma non capisco, tutto questo allora non ha nessun significato, giusto?»

«Io ti amo, e questo penso sia chiaro ormai, ma non potrò mai darti un figlio, io sono morto tanto tempo fa… e sai anche questo. A me non importa vederti invecchiare, spegnerti lentamente accanto a me, io ti starò sempre vicino. Ma devi convenire che è crudele nei tuoi confronti e non è giusto sottoporti alla tortura di vedermi sempre giovane mentre tu…» si fermò e per un momento non disse nulla, quasi aspettando che il nodo che gli si era formato in gola si sciogliesse, «Be', di sicuro, al mio posto, diresti le mie stesse identiche parole.»

«Forse, ma non credi che...» William la zittì mettendole delicatamente un dito sulle labbra, «Ssssst» disse, «Ora non pensarci, pensa a riposare perché domani sarà un altro giorno» disse, e la baciò. Uscì poi dalla camera chiudendo la porta dietro di sé.

Il giorno seguente Merit si svegliò di prima mattina, fresca e riposata. Strano, pensò, dopo quello che William mi ha detto ieri notte, non avrei dovuto chiudere occhio. Ma si fidava di lui e forse fu per quel motivo che dormì come un bambino. Indossò i suoi vestiti e scese per una colazione veloce, giusto per non rimanere a stomaco vuoto. Voleva tornare a casa sua. Non incontrò nessuno, ovviamente, tranne i domestici. Poi Jhon l'accompagnò a casa.

«Spero che ora abbia le idee più chiare, signorina. Le auguro una buona giornata»

«Grazie Jhon, a presto.»

Salutò ed entrò in casa. Si sentiva euforica e perplessa nello stesso tempo. Lei voleva vivere la sua vita alla luce del giorno, senza dover chiudere le persiane, voleva sentire il calore del sole sul suo viso. Non voleva essere circondata dalle tenebre, le odiava. Da casa sua sentiva il canto degli uccelli mischiato ai rumori del giorno, che in quel momento erano una stupenda melodia. Le mancava il suo lavoro e non poteva concepire di doverci rinunciare.

La sera prima era un'altra persona: forte, determinata, capace di qualunque cosa, combattere e uccidere. Non riusciva a riconoscersi, quella non era lei. Un brivido la percorse in tutto il corpo.

Forse William aveva ragione, aveva capito che tipo di ragazza era, quali erano i suoi desideri più profondi. L'amava, è vero, e l'amava a tal punto da non voler sconvolgere in modo definitivo la vita di Merit a costo di soffrirne lui stesso. Ma anche lei lo amava, e più di ogni altra cosa. Che fare allora?

Si recò al lavoro come sempre, ed ogni volta si rendeva conto di essere nata per quella professione. Lei era più una da *miracolo della vita* piuttosto che una combattente seminatrice di morte (anche se di vampiri ribelli). Andò a trovarla il dottor Logan quel giorno soprattutto per sincerarsi della sua salute.

«C'è molto lavoro, dottore, ma sto bene e sono contenta» disse Merit.

Lui capì subito cosa volesse dire e le chiese se poteva parlarle in un angolo meno affollato. Si allontanarono così dalla corsia in posto dove nessuno poteva sentire la conversazione.

«Ascolta, Merit, come sai sono io che mi trovo in prima linea. Da me arrivano sempre più umani morti, dissanguati. La polizia indaga, più che altro sulla base delle mie testimonianze: colpa degli orsi. Non so però per quanto tempo se la berranno, dobbiamo stare attenti, tutti quanti. Una guerra sarà inevitabile, se vogliamo porre fine a tutto questo.»

Merit lo guardò negli occhi senza dire nulla. Pensava alla sua vita ed alle considerazione di solo qualche ora prima. Poi disse:

«Io sono pronta, dottore, potete contare su di me.»

«Lo so, Merit, è quello che volevo sentirti dire» disse Logan sollevato appoggiandole una mano sulla spalla con fare paterno. Poi se ne andò.

Anche quel giorno si concluse e, quasi alla fine del turno, Abishar andò da Merit e disse: «Poi Siria ed io andiamo a bere qualcosa, che fai, ti unisci a noi?»

«Volentieri, ho proprio bisogno di rilassarmi un po' con buoni amici. Non vi dispiace se però andiamo nel locale del mio ragazzo?»

«Figurati, anzi, sarà un vero piacere per noi» rispose, anche per Siria che, era sicuro, non avrebbe avuto niente da obiettare.

Merit fu contenta, in fondo uno dei suoi compiti era anche quello di proteggere i suoi amici, e senza che se ne accorgessero.

Dopo il lavoro, arrivarono al pub ognuno con la propria auto, entrarono non Merit che faceva strada come se il locale fosse suo, e si sedettero ad un tavolino in angolo delizioso. Cominciarono con qualche chiacchiera (pettegolezzo), ma in pochissimo tempo Abishar prese letteralmente possesso della conversazione, continuava a blaterare in preda ad una vera e propria mania di protagonismo. A quel punto Merit si alzò e si diresse al bancone per chiedere delle bibite. Lei ormai era nota al personale ed il ragazzo che preparava i cocktails, si protese verso Merit e quasi sottovoce le disse:

«Stia tranquilla, lei ed i suoi amici, qui siete al sicuro. Il Maestro sa che siete qui.»

«Grazie, è per questo che siamo venuti qui.»

Tornò al tavolo con il ragazzo al seguito munito di un vassoio di bibite.

Posate le bibite, Merit vide che i suoi amici, quasi all'unisono, si voltarono verso la porta cessando improvvisamente di parlare. Si voltò anche lei e… vide William entrare con passo solenne. Mamma mia quanto è bello, pensò, sembra un attore di Hollywood. Lei gli corse incontro, lo abbracciò e lui ricambiò baciandola con delicatezza.

Merit lo prese sottobraccio e lo condusse al tavolo dei suoi amici quasi fosse un trofeo.

«Ragazzi, vi presento il mio fidanzato», disse tutta orgogliosa.

Abishar e Siria si alzarono e lo salutarono cordialmente presentandosi. Poi si sedettero a chiacchierare del più e del meno come una normalissima riunione di amici. Ma qualcuno, solo qualche minuto più tardi, si avvicinò a William bisbigliandogli qualcosa all'orecchio. La cosa gli spense il sorriso e, scusandosi, andò via in tutta fretta.

Gli altri restarono seduti con un'espressione interrogativa, ma durò pochissimo e continuarono comunque a bere. Quando uscirono a Merit girava un po' la testa, l'alcol bevuto era poco in realtà, ma sufficiente a farla riflettere se farsi accompagnare a casa oppure no. Ci stana ancora pensando mentre si avvicinava alla sua auto, quando vide in lontananza un uomo che si dirigeva a passo sostenuto verso di lei. Si guardò intorno, ma i suoi amici erano già andati e lei era sola nel parcheggio. L'uomo si avvicinava e lei riuscì a distinguere il pallore del volto ed un'espressione decisamente ostile. Non volle approfondire la questione e, senza pensarci un attimo, salì in auto, mise in moto – per fortuna questa volta il motore si avviò immediatamente – e partì a tutto gas.

Stasera proprio non me la sento di affrontare qualcuno, si disse. Arrivata a casa vide William che l'aspettava e, quando scese dalla macchina, si accorse immediatamente che Merit aveva, come dire, alzato un po' il gomito. Per fortuna non successe niente, nessun incidente. Le andò incontro e prima che potesse cadere, la prese per un braccio sorreggendola.

«Entra in casa e vai subito a letto. Ero venuto per dirti una cosa, ma può aspettare, ora non sei in grado di ascoltare niente.»

Merit lo guardò con gli occhi semichiusi ed alzò il pollice con la mano chiusa, ok. Lui sorrise e l'accompagnò a letto. Una volta sotto le coperte, la baciò sulla fronte: «Buona notte, Merit» e se ne andò.

Passarono un paio di giorni, c'era molto lavoro in ospedale e Merit non aveva quasi nemmeno il tempo di respirare.

Verso la fine del turno del secondo giorno, il dottor Logan andò a trovarla, la portò in disparte e le disse:

«Questa notte vieni al castello, porta le armi che si va a caccia, sei con noi?»

Pensare che non vedeva l'ora di tornare a casa e riposare con un lungo, lunghissimo sonno ristoratore.

«Va bene, ci sarò» disse rassegnata.

Finito il turno, Merit corse a casa a prepararsi. Accidenti, pensò, sarà un'altra nottata in bianco, con tutto il lavoro che ho da fare. Allo stesso tempo era anche eccitata del fatto che finalmente poteva entrare in azione. Ma soprattutto che William potesse darle la fiducia che si meritava.

Erano le dieci di sera passate abbondantemente quando giunse al castello, carica del suo borsone pieno di armi. Il salone era pieno di gente, e tutti la stavano aspettando. Quando entrò il brusio di fondo cessò di colpo e, come c'era da aspettarselo, tutti si girarono a guardarla. Come se fossi io il mostro, si disse a bassa voce in modo che nessuno potesse sentirla.

Subito William le corse incontro, la baciò e le sussurrò in un'orecchia: «Bene arrivata, tesoro.» Poi si rivolse a tutti dicendo:

«Carissima famiglia, questa sera vi ho riunito per via di informazioni che mi sono giunte da fonte sicura. I ribelli hanno fatto dei prigionieri ed esattamente tre umani. È nostro preciso dovere liberarli, non possiamo permettere che i nostri nemici uccidano ancora. Noi non possiamo stare a guardare.

Entro mezz'ora a partire da questo momento saremo pronti a combattere. Vi devo avvertire però che non sarà per niente facile, Sono in molti, ma restando uniti ce la faremo e gliela faremo pagare cara. Siete tutti con me?»

«Si, Maestro!» Risposero tutti come un sol uomo.

William si rivolse poi alla sua adorata:

«Merit, voglio darti la divisa ufficiale del casato: una giacca, pantaloni uguali in pelle nera ed uno scudo ricamato in oro con il marchio della mia famiglia.» Merit era al settimo cielo, gli occhi le brillavano e non si era mai sentita così importante come in quel momento.

Intanto nella sala regnava un gran trambusto. Tutti si stavano preparando all'ormai inevitabile battaglia. Merit seguì William in una stanza piena di abiti *da combattimento* e lì si cambiò. Un po' le dispiacque di togliere i vestiti di suo nonno, anche se l'alternativa era quella di far parte dell'esercito dei Grey.

La mezz'ora scoccò e tutti erano pronti in attesa che il Principe desse l'ordine. Non erano molti in realtà, ma pesantemente armati, motivati e apparentemente cazzuti.

L'ordine di muoversi arrivò e l'esercito uscì dal castello ed iniziò ad inoltrarsi nel bosco. In testa c'era William armato con la sua fedele katana luccicante con inciso l'emblema dei Grey ed a fianco – leggermente arretrata - Merit, orgogliosa ed eccitata. Camminavano lenti e circospetti lungo un sentiero illuminato dalla luna che quella notte era tre quarti, ma sorprendentemente luminosa.

La luce argentea faceva uno strano effetto sui volti pallidi dei vampiri al seguito: i volti si illuminavano e sparivano di continuo nascosti a tratti dalle fronde degli alberi.

Ogni tanto William si voltava a guardare Merit preoccupato, tanto che sembrava chiedersi il perché l'aveva portata con sé.

Lei, nonostante l'eccitazione, si sentiva calma, armata fino ai denti sentiva che non poteva accaderle niente.

I loro sguardi si incontrarono nuovamente, quando si sentì un rumore lontano.

«Attenta, Merit, stammi vicino», disse William tenendola a distanza con un braccio.

«Sarà fatto, Maestro», rispose con un sarcastico sorrisetto.

«Non scherzare, la cosa è molto seria. I ribelli non vanno sottovalutati, sono forti ed ho visto molta gente a me cara morire tra le mie braccia.»

Merit si fece seria e fece un cenno con la testa in segno di scuse. I vampiri Grey portavano una fondina con un'arma da fuoco pronta all'uso, probabilmente caricata con proiettili argentati. Non passò molto tempo che quei rumori sentiti precedentemente in lontananza si fecero più forti, tanto da scorgere movimenti di una moltitudine di ribelli davanti a loro.

Subito furono addosso ed iniziò un combattimento senza esclusione di colpi. Ogni volta che venivano colpiti bruciavano disintegrandosi, tanto che nell'aria presto un odore acre di carne arsa riempiva le narici. Merit si rese subito conto che non si trattava più di semplici scaramucce, ma del momento della verità: uccidi o sarai uccisa. L'adrenalina montava ed in quel combattimento feroce, si sentiva come se fosse nata per quello. Il clangore delle spade e degli scudi riportavano indietro nel tempo, nessuno come spettatore avrebbe pensato ad una battaglia dei nostri giorni.

Merit faceva la sua parte come una vera guerriera, con la spada del nonno non risparmiava nessuno. In mezzo a quella calca era facile distinguere i nemici: disordinati e malvestiti sembravano un'accozzaglia di trasandati senza una guida. Un vampiro davanti a William minacciava ed insultava – almeno così sembrava dato che parlava una lingua morta a lei incomprensibile – con un atteggiamento davvero spaventoso. La ragazza non ci pensò due volte, estrasse la pistola e fece fuoco. William vide il suo aggressore afflosciarsi ai suoi piedi e polverizzarsi. Si voltò e vide Merit con l'arma che ancora fumava, fece un sorriso ed un cenno di ringraziamento portando la mano alla fronte a mo' di saluto militare. Ma non era finita, in un attimo fu circondata. Gli occhi argentati su di lei, zanne da far accapponare la pelle e parole incomprensibili.

Uno di loro si fece avanti.

«Ragazza, sei una stupida se pensi di uscirne viva, sei già morta e non te ne rendi conto.»

Per un momento Merit si paralizzò, era terrorizzata, le gambe cominciarono a tremare. Devo essere forte, loro sentono la paura, pensò, e se non faccio subito qualcosa per me è finita.

Assunse quindi un'espressione cattiva, di sfida: «Voi non avete idea contro chi vi siete messi, chi avete davanti vi farà desiderare una morte rapida, brutti bastardi!.»

Sorpresa lei stessa ed incredula che quelle parole fossero uscite proprio dalla sua bocca, faceva uno sforzo incredibile per sembrare tranquilla e pronta a tutto. In realtà aveva una paura atroce. Tutti la guardavano, zanne scoperte ed occhi di fuoco, studiandola e cercando di capire se fosse o no un bluff. D'un tratto William e Melody con due loro guerrieri giunsero in sua difesa. Appena in tempo, la carica iniziò, ma Merit non era più sola. Partirono colpi d'arma da fuoco, fendenti di spada, calci ben assestati ed i nemici cadevano uno dopo l'altro. Merit era arrabbiata, veloce e motivata, ed uccideva come non credeva potesse mai fare.

Perché si accaniscono contro la mia razza succhiando sangue?

Willian combatteva con estrema eleganza, un autentico samurai, roteava la sua magnifica katana lucente con una maestria mai vista, ed i ribelli cadevano ai suoi piedi uno dopo l'altro come foglie d'autunno. Comparve poi il dottor Logan (chissà da dove), e con il fiatone disse che più avanti c'era un capannone e che probabilmente era lì che gli umani erano tenuti prigionieri.

William fece un cenno d'intesa, ma ancora qualche vampiro rimasto non voleva arrendersi. Niente da fare, bisognava fare piazza pulita, tabula rasa, altrimenti sarebbe stato impossibile continuare. Alla fine, rimasti veramente in pochi, i nemici si diedero alla fuga sgomberando il campo.

«Ottimo lavoro, ora dobbiamo continuare per concludere la missione», disse il principe ansimando ed appoggiando le mani sulle cosce come per riprendere fiato. Tutti erano stanchi, e Merit non era da meno, insomma, la morte questa volta le era passata davvero vicina.

Continuarono a camminare per la foresta nella direzione indicata dal dottor Logan fino a quando scorsero Aron che da lontano faceva segnali abbastanza espliciti: aveva trovato i prigionieri. Lo raggiunsero.

«Li abbiamo trovati. Ci sono quattro guardie davanti all'ingresso, ma non sappiamo quante ce ne sono all'interno. Come ci muoviamo, mio principe?» domandò Aron.

William si prese qualche secondo per riflettere. Intanto anche Melody e Logan si avvicinarono in attesa di ordini. «Va bene, Aron, Melody, Logan, voi eliminate i quattro all'esterno e, purtroppo, non c'è altro da fare per il momento se non sappiamo quanti sono. Non appena eliminati vi raggiungeremo e tu, Merit, aspetta il mio segnale per unirti a noi», disse William con l'autorità di un vero capo.

I tre si avvicinarono di nascosto alle guardie ed al momento propizio le aggredirono. Aron neutralizzò due di loro che stavano parlando tra di loro. L'azione fulminea li prese alla sprovvista e non ebbero scampo. La stessa sorte capitò agli altri due che, soprappensiero, non si accorsero di ciò che gli piombò addosso. Si risolse tutto in pochissimi secondi e delle povere guardie non restò nulla. Aron aprì lentamente la porta, diede una rapida occhiata all'interno e fece cenno al resto del gruppo di raggiungerlo. La via era libera.

William fu il primo e, dopo aver anch'egli guardato all'interno, disse a tutti, Merit compresa, che si poteva proseguire, ma lentamente e con cautela. Così, armi in pugno, imboccarono uno stretto corridoio fino a giungere in un ampio salone. William alzò un braccio con il pugno chiuso (che nel codice militare ha il significato di "alt").

Vide otto vampiri intenti a fare chissà cosa, si voltò verso il gruppo, e disse a bassa voce: «Ne ho contati otto, siete pronti?»

Tutti annuirono silenziosi.

Si riversarono quindi all'interno del salone scagliandosi contro i ribelli che, colti di sorpresa, disordinatamente cercarono di difendersi. Merit entrò a fianco di William, ma la sua inesperienza fece sì che non si accorse che uno di loro le girò dietro le spalle prendendola per la gola. Il suo sguardo cercò aiuto, ma tutti erano occupati ad eliminare gli altri sette. Doveva arrangiarsi da sola. Non riuscendo a liberarsi dalla presa mortale, annaspò in basso fino a prendere il coltello che aveva nello stivale. Pugnalò l'aggressore ad una gamba che, con un grido di dolore lasciò la presa. Merit si voltò di scatto e lo finì conficcandogli la lama nel cuore. Incredibile, non pensavo di esserne capace, pensò.

Ormai libera corse verso un altro corridoio (l'unico oltre il quale erano arrivati) che probabilmente portava alle gabbie dei prigionieri. Non si sbagliava, ad un certo punto, ai lati del corridoio, trovò una serie di gabbie.

Nella prima c'era una ragazza che piangeva, bellissima, magra e segni di morsi. In un'altra due ragazzi visibilmente spaventati a morte con lividi da maltrattamento in tutto il corpo. Merit fece qualche passo avanti e disse:

«Non abbiate paura, sono umana come voi» e vedendo grossi lucchetti a tutte le gabbie aggiunse, «Chi ha la chiave?»

La ragazza della prima gabbia, si sforzò per dire: «Ce l'ha uno di loro... ha i capelli rossi... ma non so dove si trova»

Merit corse furiosa in fondo al corridoio tra le celle dove probabilmente si trovava il guardiano dai capelli rossi. Lo trovò infatti seduto tranquillo semi sdraiato su una sedia e con i piedi su un tavolo.

«Alzati, bastardo, voglio le chiavi! Verrò a prenderle se mi costringi», disse quasi gridando.

«Giusto te, mi chiedevo quando saresti arrivata, umana dei miei stivali.»

«Ti ho risparmiato una lunga attesa e sono venuta io. Ora dammi quelle benedette chiavi!» gli urlò con una determinazione inaspettata.

«Vieni a prenderle» disse con tono di sfida e alzandosi in piedi. Era massiccio, occhi carichi di odio, denti aguzzi ed in mano un teser. Forse non aveva intenzione di ucciderla, ma di stordirla con una scarica elettrica.

«Tutto qui? Pensi forse di spaventarmi?», chiese Merit prendendo la sua pistola. Appena impugnata, però, si rese conto immediatamente che era troppo leggera. Accidenti, pensò, è scarica!

La risata fragorosa del guardiano le giunse addosso come un violento uragano, ma si riprese e con un calcio da perfetta karateka, gli fece volare il teser dalle mani. Merit fu fulminea prese un paletto acuminato dalla cintura.

«Tu vuoi me, ma sarò io ad ammazzare te» disse al vampiro dai capelli rossi, che ormai le era addosso. Durò poco: il paletto finì immediatamente piantato nel mezzo del suo cuore e le sue ceneri finirono sparse sul pavimento.

La chiave non c'era.

Merit si buttò a terra rovistando freneticamente tra le ceneri alla ricerca della chiave. Impossibile che non ci fosse, dove poteva essere?

Improvvisamente si sentì afferrare per un braccio. Si voltò di scatto mettendo una mano sul coltello, pronta a tutto.

Era William.

«Tutto bene?»

«Sì, non riesco a trovare la chiave delle celle. So che è qui da qualche parte, deve essere qui! Quei poveri disgraziati vanno liberati», disse lei continuando a cercare.

«Merit, le celle sono vuote, non c'è più nessuno. Siamo stati ingannati, devono averli portati da un'altra parte mentre cercavi di prendere le chiavi. Il guardiano era solo un diversivo, mi dispiace. Ora torniamo al castello, presto farà giorno.»

Monica Jacqueline Boerr – Merit

SESTA PARTE

Quando Merit si svegliò, William non c'era. Si preparò e scese ai piani inferiori. Arrivò al salone, tutto molto tetro: tendaggi tirati ed una debole luce prodotta da una lampada a olio illuminava il tavolo dove c'era in atto una riunione. Erano in otto ed i loro volti preoccupati non lasciavano dubbi sull'argomento. Le perdite tra i membri del casato durante i combattimenti della notte trascorsa, segnavano profondamente William e gli altri con ferite difficili da rimarginare.

Un ribelle catturato era incatenato ad una sedia, ma non rispondeva alle domande che gli venivano poste, anzi, un ghigno sadico era stampato come un marchio sulla sua faccia. Volevano sapere dove fossero i prigionieri umani sfuggiti per un soffio. L'avrebbero sicuramente torturato, anche se, probabilmente, senza ottenere comunque niente.

Merit si sentiva in colpa, responsabile di quanto accaduto. Se solo avesse intuito oppure aspettato che gli altri la raggiungessero... Che stupida sono stata, pensò.

William era in piedi con le mani sui fianchi, pensieroso, spettava a lui decidere cosa fare. Vide Merit, si avvicinò, la baciò dolcemente. Lei capì che sarebbe stato meglio andare e non unirsi alla riunione.

In fondo non era una di loro.

Uscì dal castello, salì in auto e si diresse verso casa. Arrivata a destinazione, vide che c'era della posta nella cassetta, sicuramente qualcosa da pagare, si disse, non saranno certo lettere d'amore. Invece era una busta dei suoi genitori. Strano che abbiano scritto invece di telefonare. L'aprì e dentro trovò un biglietto aereo per Miami ed una lettera.

Lesse con curiosità: il motivo di tanta premura era che a breve ci sarebbe stato il suo compleanno ed i genitori volevano passarlo con lei. Dannazione! Me n'ero proprio scordata, disse tra sé, con tutto quello che è successo chi ci pensava più. Fece mente locale. Ventisei anni, ed il biglietto era per il giorno dopo e sarebbe dovuta rimanere per tutto il fine settimana.

Questa cosa la prese alla sprovvista. Da una parte non poteva ignorare i propri genitori che volevano festeggiare con lei, ed avevano anche già acquistato il biglietto aereo. Dall'altra parte, invece, c'era William e tutta la sua famiglia. Avevano bisogno di lei, questo se lo sentiva dentro, anche se lei era, alla fine, l'ultima arrivata. Dovevano liberare i ragazzi prigionieri dei ribelli, e questa era una faccenda davvero importante. Che fare?

Entrò in casa, si cambiò in fretta. Non c'era tempo nemmeno per una colazione veloce. Uscì e si diresse al lavoro. Strada facendo si fermò in una pasticceria a prendere una torta da condividere con i suoi amici dell'ospedale (in fondo era il suo compleanno, come le hanno ricordato mamma e papà).

Fortunatamente non c'era molto lavoro e così fu una giornata di tutto riposo.

A mezzanotte Merit uscì dall'ospedale. Per fortuna aveva smesso di nevicare ed una splendida luna piena copriva con la sua luce argentea la neve appena caduta. Il cielo era pieno di stelle e nell'aria un gradevole profumo di muschio. Chiuse gli occhi e pensò a William. Quando li riaprì, come un desiderio che si avvera, vide il principe che si avvicinava con un mazzo di fiori. Merit era sorpresa, è possibile che desiderare fortemente qualcosa, questa si avvera? William si avvicinò e la baciò.

«Buon compleanno, mia principessa»

«Non capisco come fai a sapere tutto? Non hai nemmeno un telefono.»

Lui sorrise, «Io so tutto della donna che amo… nessun segreto.»

Si baciarono con passione, fino a quando la necessità d'aria si fece impellente e dovettero dividersi per riprendere fiato.

William la teneva stretta, la guardò a lungo negli occhi e disse:

«Adesso andiamo, non è una buona idea restare nel parcheggio dell'ospedale, saliamo in macchina.»

«Hai saputo qualcosa dei prigionieri e dove possano averli portati?» Domandò Merit.

«Purtroppo non sappiamo ancora niente, il ribelle che abbiamo catturato si farebbe uccidere invece di parlare», rispose con una punta di amarezza nella voce.

A quel punto Merit raccontò del biglietto aereo che i suoi genitori le avevano spedito e che l'avrebbero aspettata per trascorrere il compleanno in famiglia.

«Amore devi di andare, sono solo due giorni e non puoi ignorarli. Ricordati che ti hanno cresciuta e fatto diventare quello che sei», sorrise accarezzandole il viso, «Oggi la luna è piena, e gli esseri soprannaturali sono tutti *assetati di sesso,* lo sapevi?»

«Non ne avevo idea, devo cominciare a preoccuparmi, Maestro?» William sorrise: «Solo un pochino. Bene, siamo arrivati.» Scese dalla macchina ed aprì la portiera a Merit con molta eleganza. Scese anche lei e si trovò davanti all'entrata di un lussuoso hotel.

«Non stavi scherzando» disse lei sbalordita ed immaginando ciò che sarebbe seguito. Entrarono e, dopo un cenno d'intesa tra William ed il receptionist, percorsero mano nella mano il corridoio che conduceva alla camera. All'interno il pavimento era cosparso di petali di rose ed una bottiglia di champagne riposava nel suo cestello con ghiaccio in attesa di essere stappata. A quel punto comparve quasi per magia nella mano di William un piccolo astuccio. A Merit mancò il fiato, non c'erano dubbi sul significato e il contenuto di quel... grazioso scatolino. La guardò, aprì il contenitore ed allungò le braccia porgendoglielo. Dentro c'era un meraviglioso anello con zaffiro. Merit, a bocca aperta, non riusciva a parlare.

«Merit, vorrei che tu sia ufficialmente la mia fidanzata. Fidanzata con un vampiro, almeno tutti sapranno chi sei.»

«William, è un po' presto, non stai correndo troppo?»

«È solo un anello, almeno i vampiri non ti guarderanno in modo strano, sapranno che sei la mia donna», vedendo che Merit lo guardava con un che di interrogativo, continuò: «Questo anello apparteneva a mia nonna, sai, quella del dipinto nella sala del castello, e tutti lo conoscono. Anzi, ho un altro regalo per te.»

Prese così dalla tasca un secondo astuccio, rosso. Lo aprì, e prese dal suo interno una collana e degli orecchini di perle. Splendidi, anche per la mia età, pensò Merit, non so proprio in che occasione potrei mettere dei gioielli del genere. Lo ringraziò, ma non disse niente per non offenderlo. Lui era così... antico, e bellissimo allo stesso tempo. Lo guardò negli occhi, erano così belli, intensi, brillanti. Voleva fare l'amore con lui, in quel momento lo desiderava più di ogni altra cosa. Travolta dai sensi, iniziò a baciarlo, accarezzandogli il torace freddo. Stordita da squisite sensazioni si spogliò, e spogliò anche lui con ardore mai conosciuto prima. I vestiti sparsi per il pavimento e lei, sussurrò all'orecchio di lui: «Mordimi, per favore, voglio sentire i tuoi canini sul mio collo... voglio sentirti dentro di me», disse, ed iniziò a sollevare i fianchi concedendosi a lui. Una, due, tante volte arrendendosi al desiderio che divorava entrambi. Urlarono quando giunsero al culmine, si abbracciarono per un tempo che sembrò infinito per poi abbandonarsi.

L'espressione di lui riassumeva quella passione e quel desiderio che entrambi provavano.

Finalmente Merit partì per la Florida. Un buon viaggio, coronato dalla presenza dei suoi genitori all'uscita del gate che, appena la videro, le corsero incontro festosi come se non la vedessero da decenni. Si abbracciarono e la madre non si fece mancare la solita lacrimuccia di gioia. Ora la famiglia era riunita e Merit si sentì subito a casa. Appena fuori dall'aeroporto, però, venne investita da un caldo decisamente afoso e per un momento insopportabile. Non ricordava quel clima abituata ormai al freddo nordico. Ma tutto sommato era piacevole stare con vestiti leggeri e, soprattutto accanto ai suoi. Il *panico* da caldo eccessivo cessò in fretta.

Arrivati a casa, Merit, dopo aver salutato calorosamente la sorella che l'aspettava con ansia, andò nella sua vecchia camera. Tutto era rimasto come quando l'aveva lasciata. La foto formato gigante di Brad Pitt era ancora al suo posto e, come allora, mi sorrideva come per dirmi *benvenuta* (*bentornata*), la piccola scrivania dove studiava, il letto bianco perfettamente fatto con sopra la trapunta tessuta dalla madre e, non poteva certo mancare, l'orsacchiotto sopra il cuscino, compagno di tutta una vita.

«Merit, vieni», disse la madre dal piano di sotto, «il pranzo è pronto.»

Scese in sala da pranzo e si sedettero tutti e tre al tavolo ricolmo di pietanze all'apparenza squisite. Non ricordava l'ultima volta che pranzò decentemente, forse fu ancora con i suoi genitori.

Iniziarono, ma quasi immediatamente (non poteva certo sperare che la cosa potesse sfuggire), le chiesero dell'anello che portava al dito. Un po' imbarazzata ed allo stesso tempo orgogliosa, raccontò che si era fidanzata e che, purtroppo, preso da impegni di lavoro, il suo ragazzo non aveva potuto accompagnarla. Sembravano contenti ed anche un poco dispiaciuti di non poter conoscere chi poteva diventare loro genero, come tutti i genitori si vedevano già circondati da nipotini. Anche la sorella raccontò di avere un ragazzo, ma ovviamente l'attenzione era tutta per Merit.

Dopo il pranzo, andarono in spiaggia – che era quasi a ridosso della casa – e Merit assaporò la dolce sensazione dei piedi nudi nella sabbia e dell'inebriante profumo si salsedine proveniente dal mare, senza contare il rumore dell'eterno movimento delle onde. A metà pomeriggio i genitori rientrarono, ma Merit restò a godersi la tranquillità che in Canada aveva quasi dimenticato. Arrivò sera ed anche lei rientrò, serena per la splendida giornata. La madre, come è consuetudine per un compleanno, aveva fatto una torta.

Erano riuniti in salotto a parlare del più e del meno gustano una fetta di torta e sorseggiando dello spumante, quando sentirono bussare alla porta.

«Chi può essere a quest'ora?» disse la madre alzando per andare a vedere chi potesse essere. Dopo un paio di minuti tornò.

«Merit, un bel ragazzo chiede di te», riferì con un grande sorriso sulle labbra. Le sembrò strano, non conosceva nessuno da quelle parti. Andò comunque alla porta.

«William! Che ci fai qui? Come sapevi dov'ero?» Non aspettò però che rispondesse, gli saltò al collo abbracciandolo e baciandolo.

«Mi mancavi, ed ho i miei contatti per sapere dove sei, sempre» rispose sorridendo.

Quando si staccò dal collo di William, Merit lo prese per mano e lo trascinò letteralmente in casa e corse in salotto.

«Mamma, papà, vi presento il mio fidanzato, William», annunciò tutta eccitata. La madre si alzò e si avvicinò.

«Felice di conoscerti William, la mia bambina sembra molto felice di questa sorpresa, spero tu non abbia dovuto interrompere il tuo lavoro.»

«No signora, per me è un vero piacere essere qui»

Poi il padre gli andò incontro e si strinsero la mano.

«Accidenti, ragazzo, che bella stretta. Hai però la mano un po' fredda, sicuro di star bene?»

«Sto benissimo, grazie.»

La madre aggiunse: «Devo dire che sei anche un pochino palliduccio, domani ti porto in spiaggia a prendere un po' di colore.»

Ormai era quasi ora di cena e la mamma di Merit cominciò ad apparecchiare la tavola.

«Signora, non per me, purtroppo ho già cenato, grazie.»

La donna guardò Merit come invitarla ad andare da lei. *Non vedi quanto è magro? Eh si, domani lo porto al mare e, non solo prenderà un po' di colore, ma gli verrà una fame da lupo,* disse a Meri bisbigliando.

William sentì il discorso e disse sorridendo:

«Sono commosso dalle sue attenzioni, ma sono costretto a rimandare in altra data. Ho un aereo privato che mi aspetta tra un'ora e purtroppo devo tornare per sbrigare una faccenda molto importante.»

«Vuoi che ti accompagni?» domandò Merit.

«No, resta con la tua famiglia, è molto che non state insieme.»

Restò ancora per qualche minuto. Che serata magnifica, sono con le persone che amo di più al mondo, pensò Merit, cosa potrei mai chiedere di più?

Stava vivendo in un sogno dal quale non avrebbe mai voluto svegliarsi. Dimenticò le battaglie di vampiri e i rischi che lei stessa correva tutti i giorni. Ma le cose belle finiscono: «Merit, ora devo proprio andare, ti aspetto in Canada», disse improvvisamente William riportandola alla dura realtà.

Rassegnata e triste, lo accompagnò alla porta, lo baciò dolcemente in un tenero *arrivederci a presto* e se ne andò.

«Merit, è un ragazzo bellissimo» disse la madre quando tornò in salotto.

«C'è qualcosa in lui che... non mi piace» commentò il padre quasi parlando tra sé.

«Papà, io lo amo, e non riuscirai a farmi cambiare idea», ribatté seccata, ma aggiungendo un leggero sorriso. Rimasero ancora un po' a godersi la riunione, fino a quando Merit, stanca della giornata, diede la buonanotte a tutti e si rintanò nella sua cameretta.

Si era appena infilata sotto le coperte, quando sentì bussare alla porta. Era sua madre.

«Posso entrare?»

«Certo, vieni pure.»

«Scusami, volevo darti la buonanotte e chiederti, se posso, che tipo è il tuo fidanzato. Ti ho visto molto *presa* da lui.»

«Mamma, che posso dire? È un gentiluomo, affettuoso, premuroso, e mi fa sentire al centro dell'universo.»

«Un tipo di altri tempi, insomma», constatò la madre.

«Direi proprio, ma adesso scusa, sono molto stanca e vorrei dormire.» La madre la baciò sulla fronte sussurrandole *sogni d'oro piccola,* ed uscì dalla stanza.

Tornata in Canada, l'unico suo desiderio era di vedere William, abbracciarlo, baciarlo, il solo fatto che fu raggiunta in Florida, superava di gran lunga ogni aspettativa. Così, aveva preso un aereo privato, si era informato dove abitassero i suoi genitori, l'aveva raggiunta e... tutto questo solo per restare qualche ora insieme a lei. Era sicuramente la donna più fortunata del mondo.

E così, arrivata nella sua baita, si rinfrescò del viaggio e si diresse subito al castello. C'erano tutti, e tutti si preparavano ad un'altra caccia. Merit si fermò sulla porta un po' sorpresa. William la vide e le andò incontro.

«Brutto momento, amore, stiamo per trascorrere un'altra nottata a stanare ribelli.» Poi la guardò per un lungo momento in silenzio, e aggiunse: «Non è che per caso hai portato delle armi con te?»

«Certo che no, non sapevo delle vostre intenzioni.»

«Se te la senti, posso darti alcune delle mie armi.»

Merit acconsentì, così William la condusse in una stanza gigantesca piena di armi di ogni genere: alcune appese al muro, altre dentro delle vetrine ed altre ancora appoggiate semplicemente su degli enormi tavoli. Si sentiva come in un negozio di giocattoli, erano tutte molto più moderne rispetto a quelle di suo nonno (non era però sicura che fossero più efficaci).

«Merit, scegli quelle che ritieni più adatte.»

Scelse allora quelle a cui era più abituata, ma, ovviamente, le mancava la divisa di suo nonno nella quale si sentiva un super eroe, quello che aveva indosso era più... per una cenetta a lume di candela. William capì subito il problema e fece quindi chiamare Melody.

In men che non si dica era vestita di tutto punto con la divisa ufficiale del casato, pantaloni e giacca nera in pelle.

Avute le ultime raccomandazioni, si inoltrarono nel bosco ormai in quasi completa oscurità. In prima fila c'era William e Aron, Merit e Melody, seguiti dagli altri membri vampiri del casato.

Camminarono a lungo. L'atmosfera era a dir poco sinistra, i rumori del bosco quella sera era erano inquietanti, rapaci notturni, lupi che ululavano in lontananza, un vero e proprio film dell'orrore.

Percorsero all'incirca cinque chilometri, quando una luce tremolante (sicuramente un fuoco) si scorse in lontananza. William si girò verso il gruppo e fece cenno di non fare il minimo rumore. Si avvicinarono nascosti ed in silenzio fino a scorgere una radura dove i ribelli avevano approntato un accampamento. Nel mezzo ardeva un fuoco ed intorno i tre umani rapiti. La ragazza piangeva e uno dei ragazzi cercava di consolarla accarezzandole i capelli, mentre l'altro sembrava inebetito con lo sguardo perso nel vuoto.

William non ci pensò un attimo e diede l'ordine di attaccare sfruttando il fattore sorpresa. Iniziò immediatamente una lotta furibonda. Il combattimento sembrava impari ed i ribelli stavano subendo gli attacchi. Merit si precipitò verso gli umani per metterli in salvo, decisa questa volta di non commettere più l'errore dell'ultima volta. Una volta liberati, si misero a correre evitando che i ribelli potessero raggiungerli, fino a che un imprevisto non li costrinse a fermarsi. Un grosso orso bruno gli sbarrava la strada, anzi, stava proprio andando contro di loro. Merit non si perse d'animo e disse ai tre di non muovere un muscolo, poi prese la pistola e sparò un colpo in aria facendo fuggire l'animale.

Continuarono a correre verso il castello, con l'agilità che il provato fisico degli umani consentiva e la circostanza richiedeva. Finalmente arrivarono ed i tre ragazzi erano stremati. Merit se ne prese cura dando loro da mangiare e vestiti puliti. Poco dopo arrivò il dottor Logan per visitarli e William.

«Com'è andata?» chiese subito Merit.

«È stato facile, non se l'aspettavano», rispose William. Quindi Merit riprese: «Questi ragazzi parleranno, hanno visto troppo, non credi?.»

«Non preoccuparti Merit, cancellerò loro la memoria di questa brutta avventura, sarà come se niente fosse successo.»

«Ma che stai dicendo?»

«Li ipnotizzo e non ricorderanno nulla, anche questo è uno dei nostri poteri.»

Merit li riportò poi alle rispettive case. Straordinario! Davvero non ricordavano nulla, pensavano di essersi persi nel bosco. Il mio fidanzato ha fatto davvero un ottimo lavoro, pensò.

Il giorno seguente, Merit e Siria si trovarono a pranzo prima del turno in ospedale. Volevano fare due chiacchiere spensierate come fanno di solito gli amici. Parlarono del più e del meno affrontando gli argomenti più strani, quando Merit incrociò involontariamente lo sguardo di un ragazzo seduto al tavolo vicino. Il ragazzo era con due amici e Merit li riconobbe come i ragazzi rapiti la notte precedente. Subito nella mente della ragazza si fece strada un dubbio, in realtà più una domanda: avranno riacquistato la memoria?

I tre si alzarono e si diressero da Merit. *Troppo tardi per nascondersi, non funzionerebbe!* Ci fu un interminabile momento di imbarazzo.

«Ciao, volevamo ringraziarti ancora per questa notte. Se non fosse stato per te, non avremmo mai ritrovato la strada di casa.»

«Non è necessario sapete, abitando da quelle parti conosco il bosco come le mie tasche.»

«Be', comunque grazie ancora» disse uno di loro. Salutarono ed uscirono dal locale.

Siria, che rimase ad ascoltare senza dire una parola, incuriosita chiese:

«Ma come li hai conosciuti?»

«Niente di ché, ieri sera non riuscivo a prendere sonno, così sono uscita a fare una passeggiata. Ho incontrato quei tre in piena foresta che si erano letteralmente persi, così li ho accompagnati nel *mondo civile* e da lì hanno ritrovato la strada.»

«Merit, non hai paura a vivere sola in quella casa?»

«Certo che ne ho, ma William molto spesso si ferma per la notte.»

«Mi sembra un ragazzo molto protettivo, si vede che tiene molto a te. E quell'anello che hai al dito, certo che deve essergli costato molto.»

«No, era l'anello di sua nonna. Un giorno ti porterò a casa sua, ti piacerà, vedrai.»

Monica Jacqueline Boerr – Merit

SETTIMA PARTE

Il giorno dopo Merit e William si svegliarono insieme, ancora abbracciati e felici per il successo ottenuto la sera appena trascorsa. Nessuno dei due voleva alzarsi, meglio restare a letto a coccolarsi. Fecero l'amore e si appisolarono nuovamente godendo appieno quel tenero momento. Si fece pomeriggio in men che non si dica, loro dormivano come angioletti, fino a quando non furono svegliati da qualcuno che bussava alla porta. William alzò la testa indispettito:

«Chi è che rompe?» gridò.

La porta si aprì, era Melody.

«Ehi, dormiglioni, è ora di alzarsi. A proposito, è arrivata una lettera importante per te, credo»

«Non potevi spettare? Non so, magari darmela più tardi?» ringhiò William.

«Come ho detto, credo sia importante», rispose Melody consegnandogli la lettera.

William aprì la busta.

«È Roberto, dice che farà un ballo in maschera, a Venezia, in Italia, e noi tre siamo invitati.»

«Te l'avevo detto che era importante», disse Melody, felice come una ragazzina.

William si rivolse a Merit: «Dimmi, che devo fare con mia sorella?» Tutti e tre risero.

«Forza ragazzi, non potete stare tutto il giorno a letto, prima o poi dovrete sicuramente mangiare qualcosa.»

«Sorellina» riprese William, «penso sia ora che ti trovi un fidanzato, non ti pare?»

«Chi lo sa? Magari lo trovo proprio in Italia.»

Verso sera, Merit e Melody si recarono presso un negozio per acquistare dei vestiti per il ballo. Era abbastanza tardi, ma alcuni negozi *convenzionati* con i Grey, restavano aperti per tutta la notte. Merit trovò uno splendido vestito, lungo, nero, con una gonna molto ampia ed il corpetto dorato. Melody non fu da meno e scelse un abito, anch'esso nero, ma attillato e senza spalline. Terminate le compere, vestiti più qualche accessorio, andarono al pub di William.

Si sedettero ad un tavolo ed ordinarono il loro solito.

«Melody, dimmi, come mai non hai ancora trovato il ragazzo?», iniziò Merit sorseggiando il suo Gin Tonic.

«Vedi, non è così semplice, abbiamo delle regole e non potrei mettermi con nessuno che non sia un Maestro, come mio fratello e pochissimi sono disponibili.»

«Che ne dici di Roberto?» suggerì Merit.

«Ti dirò la verità, a me Roberto è sempre piaciuto, sono tanti anni che lo conosco, ma non ha mai mostrato il minimo interesse per me. Forse non gli piaccio abbastanza.»

«Mi sembra molto improbabile, sei una donna bellissima, nobile, che altro si può desiderare di più?»

«Non lo so, però sono contenta che tu stia con mio fratello.»

Chiacchierarono serene del più e del meno fino all'alba. Il loro legame si faceva sempre più solido.

Per quell'occasione, Merit aveva chiesto un permesso al lavoro di qualche giorno per recarsi in Italia. Più che un permesso erano ferie arretrate.

Si imbarcarono sull'aereo che era notte fonda, carichi di bagagli. Scelsero un volo che sarebbe arrivato all'aeroporto Marco Polo di Venezia col favore delle tenebre.

Così, dopo un viaggio tranquillo e rilassante giunsero a destinazione. Presero un taxi e raggiunsero Roberto all'hotel di sua proprietà: molto bello, raffinato e in stile Vittoriano. La festa si sarebbe svolta nello stesso hotel in un grande salone.

Quando arrivarono, vennero accolti come meglio non sarebbe possibile. Furono condotti nelle loro stanze per riposare e rinfrescarsi. Ma Roberto non c'era.

La mattina seguente, Merit cedette all'irrefrenabile desiderio di vedere la città tanto decantata da tutte le culture del mondo. Si unì ad una comitiva che aveva in programma una visita guidata in barca per i rii cittadini. Tutti gli altri, date le circostanze, rimasero in hotel, al buio. Quelle *creature della notte* non potevano permettersi certo di affrontare la luce del sole. Merit era contenta anche un pochino triste allo stesso tempo. Di sicuro avrebbe preferito scoprire le vie di Venezia con William, come due *normali* fidanzatini.

Intanto in hotel, Roberto, che era rientrato poco prima dell'alba, incontrò William, raccontandogli che anche a Venezia i ribelli erano più che mai attivi. William notò una seria preoccupazione sul volto dell'italiano e si offrì quindi di aiutarlo dopo il ballo.

«D'accordo, sono contento di sentirtelo dire. Per le armi non preoccuparti, ho un intero arsenale a tua disposizione» disse Roberto rassicurato. Poi continuò:

«Sai, solo un mese fa, hanno attaccato l'hotel. Un attacco a sorpresa, secondo loro, ma noi non abbassiamo mai la guardia ed in un certo modo li stavamo aspettando. Come questa sera. Dovremo aspettarci qualche scorribanda.»

«Come pensi di organizzarti?» Chiese William.

«Metterò delle guardie su tutto il perimetro. Nessuno di loro potrà passare.»

«Bene, a più tardi, dovremo prepararci al peggio e sperare al meglio, non si dice così?» disse William sorridendo, e si congedò.

Nel frattempo Merit si stava godendo ogni secondo della sua meravigliosa gita. Riuscì a visitare gran parte della città fino a quando, stanca, rientrò in hotel. Cercò Melody perché era giunto ormai il momento di iniziare la vestizione e, come è noto, il tempo che occorre ad una donna per prepararsi per una festa di quella portata, è consistente. Figuriamoci se poi le donne sono due. La trovò alla fine, com'era logico, nella propria stanza, davanti allo specchio. Quindi si unì con l'unico scopo per entrambe di apparire al meglio (forse però i motivi erano differenti).

Passò un po' di tempo quando sentirono bussare alla porta.

Era William, che entrò nella stanza mentre le due ragazze stavano finendo di vestirsi. Ormai mancavano giusto gli ultimi ritocchi. William spiegò la situazione.

«Insomma, ragazze, la guerra non è ancora finita.» Poi prese da un borsone che aveva portato con sé delle armi che porse alle due donne. Merit riuscì facilmente a nasconderle avendo una gonna ampia,

Melody invece ebbe più difficoltà con suo splendido vestito attillato. Accidenti, pensò, se solo l'avessi saputo prima. Comunque a William non sfuggì la straordinaria eleganza di quegli abiti indossati dalle due donne della sua vita.

Fu poi il turno di William che, con il suo smoking faceva un figurone.

Ormai tutto era pronto, mancavano solo le maschere (una pura formalità, tanto nessuno avrebbe mai potuto non riconoscere il principe con la sorella, per Merit era diverso, la conoscevano in pochissimi).

Finalmente la serata tanto attesa arrivò puntuale. Tutti gli ospiti erano, come c'era da aspettarselo, elegantissimi, con abiti firmati (eravamo in Italia, dopo tutto). Il salone era enorme ed i molteplici specchi che quasi rivestivano le pareti, lo faceva sembrare immenso. Tendaggi e divani gialli davano un tocco molto chic. Come furono entrati, scusandosi, William andò a salutare alcuni amici che non vedeva da tempo, come del resto anche Melody. Merit rimase quindi sola, si sedette su un divanetto in un angolo ad osservare la gran moltitudine di persone. Certo che William poteva anche portarmi con sé, pensò, a presentarmi a qualcuno, invece di mollarmi in un angolo come una valigetta. Un po' amareggiata per queste considerazioni, fu subito riportata al buon umore da Roberto che, con un calice di champagne in mano, le si avvicinò sorridendo.

«Ciao Merit, posso farti un po' di compagnia?»

«Volentieri, accomodati», rispose con un gran sorriso.

«Sei molto bella ed è un crimine che ti abbiano lasciata sola.»

«Be' sai, William ha visto amici che non vedeva probabilmente da molto tempo e Melody... anche.»

«Non avertene a male, sono fatti così, ma ci sono io e non esiste che una donna come te possa rimanere sola. Ma dimmi, come ti trovi in questo strano mondo di vampiri?»

«Mi sto pian piano abituando. È tra l'eccitante e lo spaventoso, diciamo che non c'è di sicuro di che annoiarsi», rispose.

«Vedo chi porti al dito l'anello della nonna di William, devi essere molto importante per lui.»

«La conoscevi? Sua nonna intendo.»

«Sì, secoli fa: una gran donna, di carattere forte, mi chiedo che cosa è successo a William. Non è certo prassi comune per noi metterci con umane, sono davvero incuriosito. Ora che ti guardo bene, quei tuoi occhi bellissimi mi ricordano qualcuno.»

Roberto restò qualche secondo a scrutarla cercando di ricordare, ma inutilmente. Poi disse: «E vabbè, mi verrà in mente. Posso avere l'onore di questo ballo?»

«Certamente» rispose lasciando che Roberto le prendesse la mano per portarla nel mezzo della sala. Iniziarono così a ballare, ma dopo soli pochi passi, William si materializzò come per magia accanto a Merit.

«Lei balla con me!» Ringhiò verso Roberto e strappando letteralmente Merit dalle sue braccia. Roberto, esterrefatto da questo comportamento imprevisto, si allontanò alzando le mani in avanti in segno di resa.

«Non voglio che balli con nessuno, tranne che con me!»

«Ma William, che ti prende? Stai bene?» Domandò Merit timidamente.

«Scusami, sono un po' nervoso, non so cosa mi è preso.»

«Credo che prima o poi dovrai scusarti con Roberto, l'hai trattato malissimo.»

William non rispose, abbassò gli occhi e continuarono a ballare. La musica del Valzer inondava la sala entrando nelle vene, sembrava che una nuvola sotto i loro piedi li sollevasse. William era un ottimo ballerino e tra le sue braccia Merit si sentiva in paradiso.

Dopo che la musica finì, Merit si scusò e si diresse verso la toilette per rinfrescarsi e riprendersi un po'. Nel corridoio le passarono davanti due uomini. Subito si insospettì, anche perché non indossavano lo smoking come tutti gli altri.

«Vieni con noi che ci divertiamo» disse uno dei due. Si vedevano chiaramente i denti aguzzi.

«Mi sa che a questa festa vi siete imbucati, non avete l'invito, vero?»

«Indovinato» rispose, ma subito Merit reagì con violenza e piazzò un calcio nell'addome all'uomo più vicino scaraventandolo contro il muro. Merit benedì la scelta per un vestito a gonna ampia. Subito, prima che il secondo uomo potesse fare qualcosa, accorsero degli uomini della sicurezza. Roberto si era accorto di quanto stava succedendo e fece immediatamente prendere in custodia i due ribelli. Tutto fu così rapido che nessun altro si accorse di nulla.

«Tutto bene, mia principessa?» Domandò Roberto.

«Si, grazie, tutto a posto.»

Accorse anche William, avvertito dagli uomini di Roberto.

«Come stai, tesoro?» Chiese rivolto a Merit.

«Bene, ma ho bisogno di bere qualcosa. Accompagnami a prendere una coppa di champagne, per favore.» Fu quasi un ordine, e William non osò contraddirla.

Merit sorseggiò quel fresco nettare, frizzante al punto giusto e con un vago sapore di mele, con contorno di mousse di gamberetti. Dopo essersi calmata, chiese se alla festa erano presenti altri umani

«Si, ce ne sono tre» disse indicandoli nel salone. Merit guardò dove William stava indicando, ma spaziando con lo sguardo non le sfuggì che in un angolo Roberto e Melody stavano a prima vista discutendo animatamente. William si accorse del cambio di espressione di Merit e volse la sua attenzione nella stessa direzione.

Vedendo quella scena, un po' infastidito. Uhm, quei due non me la raccontano tutta, pensò Merit, ci dev'essere qualche conto in sospeso.

Di scatto William disse: «Dai, andiamo fuori a prendere un po' d'aria», e la prese per mano strappandola da quell'ambiente.

Camminarono per un po', poi decisero di salire su una gondola. L'atmosfera cambiò come per magia. La luna rifletteva la sua luce argentea sul mare della laguna, circondata da magnifici palazzi rinascimentali gotici. La vista era mozzafiato.

«Merit, questa sera sei bellissima e molto elegante. Non pensavo che potesse mai succedere, ma tu mi hai stregato. Sono molto felice con te.»

Si abbracciarono e rimasero così a lungo, cullati dalle acque tranquilla dei rii che la gondola percorreva lenta.

«Raccontami un po' della tua vita da umano» chiese Merit rompendo l'incanto.

«Amavo una ragazza come te, dolce e forte allo stesso tempo. Ci siamo sposati ed un anno più tardi nacque nostro figlio. Eravamo molto giovani, felici, quando arrivò la peste, tremenda ed inesorabile. Solo io sopravvissi... loro due non ce la fecero.» Merit vide una lacrima scivolare sulla sua guancia. Poi riprese:

«Lei era la sorella di Roberto che mi incolpò di quanto successo dicendo di non essermi preso cura abbastanza della mia famiglia. Così ci separammo perdendoci di vista. Ora siamo ancora in contatto, ma non è più come prima.»

«Come è successo che Roberto diventò un vampiro?» Chiese Merit dando sfogo alla sua curiosità.

«Dopo quello che successe, lui era quasi sempre ubriaco, cercava la pace dentro una bottiglia. Una notte, uscendo da una taverna, fu attaccato trasformandolo. Sparì dalla circolazione per anni, nessuno sa dove si rifugiò. Per quanto riguarda me, la storia la sai.»

La lacrima che prima era comparsa sul suo viso, si era trasformata in un pianto sommesso.

«William, non sai quanto mi dispiace per tutto questo» disse Merit abbracciandolo più forte. Poi riprese:

«Lei aveva gli occhi dello stesso colore dei tuoi... me la ricordi davvero tanto. La prima volta che ti ho visto, ero sbalordito dalla somiglianza ed un vortice di ricordi hanno cominciato a turbinare nella mia mente.»

«Roberto mi ha detto che io gli ricordavo qualcuno. Ora capisco», replicò Merit.

Tornarono all'hotel, scesero dalla gondola e si sedettero su una panchina davanti all'ingresso. Non volevano rientrare, volevano ancora assaporare quel momento, abbracciati e guardando le stelle. La festa era ormai finita e gli ospiti se ne stavano andando.

Roberto li vide e si avvicinò.

«Scusate il disturbo, William, cosa ne dici se andassimo un po' a caccia? Mancano un paio d'ore all'alba.»

William guardò Merit cercando il suo permesso, e lei disse: «Vai! Sono stanca, queste scarpe mi stanno uccidendo, credo che mi precipiterò in camera a riposare.»

Si baciarono e lei se ne andò lasciandoli soli. Avranno di che parlare di quello che è successo secoli fa, pensò, ma credo che ci sia qualcosa d'altro da chiarire.

E così, William e Roberto andarono a caccia. In realtà era più che altro una ronda notturna in cerca di eventuali vittime da soccorrere percorrendo i canali che a quell'ora erano deserti.

«Perché ti sei messo con un'umana? Spiegamelo» esordì Roberto.

«Mi ricorda molto Lily, forse ti sarai accorto anche tu della somiglianza.»

«Intendi sposarla?»

«Non lo so, apparteniamo a mondi decisamente diversi. La amo moltissimo, ma come mortale, arriverà inesorabilmente il momento in cui dovrà... *andarsene*, ed io non potrei più sopportare di perdere una persona che amo. Non un'altra volta.

Può anche darsi che lei possa annoiarsi a stare con me, un vampiro. Forse vorrebbe vivere una vita normale tra umani e con dei figli. Non potrei darmi pace al solo pensiero di rovinarle la vita.»

Ci fu un momento di silenzio, poi Roberto disse:

«Sai William, so benissimo dell'amore che provavi per mia sorella, e so anche che tutto quello che è successo non è colpa di nessuno. A tal proposito, vorrei che tu mi perdonassi per il tempo durante il quale sono scomparso dando a te dei terribili sensi di colpa.»

William fece un mezzo sorriso apprezzando molto le parole dell'amico.

«William, posso farti una domanda? Non è necessario che tu risponda, tanto te la farò ugualmente. Posso corteggiare tua sorella Melody?»

«Sì certo, ma solo se ti prenderai cura di lei come si deve.»

Risero entrambi e poi si diedero un abbraccio come fratelli.

Il giorno successivo Merit si svegliò ed allungando la mano non trovò William. Fece un bagno caldo ristoratore, si vestì con jeans e maglietta. Scese poi al piano terra dove si sentivano delle voci nel salone. Entrò e vide tutti seduti che stavano facendo colazione.

«Vieni Merit, siediti, questo l'ho fatto cucinare per te» disse Roberto indicando un piatto coperto da una cloche.

Erano spaghetti. Non so se mi va di mangiare spaghetti appena sveglia, pensò, ma lo stomaco brontola, quindi... Mangiò così spazzolando tutto mentre gli altri la guardavano compiaciuti.

«Merit, c'è una novità», disse William, «Roberto ha chiesto la mano di Melody, ci crederesti mai?»

Merit guardò Melody i cui occhi brillavano come stelle del firmamento.

«Oh, amica mia, sono così felice per te», disse correndo ad abbracciarla.

«Devi prepararti, al tramonto dovremo andare» disse William.

Merit guardò Melody che comunicò: «Io resto qui, sono sicura che mi comprenderai.»

Si guardarono e sorrisero come complici.

Poi Roberto disse: «Merit, prima di andartene, puoi venire un secondo con me?»

Non aspettò risposta, la prese per mano ed insieme andarono nel suo ufficio. Aprì un cassetto e prese un sacchetto color argento. Poi ne tirò fuori una catenina dalla quale pendeva una croce con cristalli colorati. Un pezzo antico, molto bello ed elegante.

«Questa è per te, apparteneva a mia sorella e sarei onorato se l'accettassi.»

Detto questo, gliela mise al collo. Merit non riusciva a parlare, era commossa e dei lacrimoni solcavano le sue guance.

«Noi vampiri non possiamo avere croci al collo. Ti sta benissimo.»

«Grazie di tutto Roberto, ti devo confessare che prima non mi piacevi, ma ora so che sei una brava persona e ti auguro tanta felicità con Melody.»

«Anch'io ti auguro un vagone di felicità con mio cognato.»

Merit abbracciò Roberto, lo baciò sulla guancia e rientrò in camera. Poco dopo entrò anche William ed immediatamente il suo sguardo cadde sulla croce. Si fermò per un attimo.

«È un regalo di Roberto, ma se vuoi la tolgo.»

«No, ti sta benissimo» disse con gli occhi umidi.

Monica Jacqueline Boerr – Merit

OTTAVA PARTE

Il clima in Canada, era diverso da quello italiano. La neve era ormai scomparsa anche se il freddo non aveva intenzione ad attenuare la sua morsa. Ma Merit era a casa, e questo era sufficiente.

Riprese il lavoro e tutti la accolsero con gioia, ansiosi di ascoltare il racconto della sua piccola vacanza a Venezia. Naturalmente lei non si era dimenticata di nessuno e aveva portato un pensierino per tutti.

Finito il turno tornò a casa stanca morta. Accese il camino e prese dal freezer la prima cosa commestibile che le capitò. Dopo la cucina italiana, riscaldare al microonde un pezzo di cibo ghiacciato non era il massimo. Sentì però dei rumori provenire dal porticato appena fuori dalla porta. Prese subito la pistola e si avvicinò all'entrata, appoggiò l'orecchio all'uscio ed ascoltò. C'era sicuramente qualcuno. Aprì la porta di scatto puntando l'arma e pronta a fare fuoco.

Un ragazzo infreddolito la guardò spaventato.

«E tu chi sei?» Chiese.

«Ti prego, non farmi del male, ho fame, puoi procurarmi del sangue?»

«Non sono io la tua cena» rispose Merit appoggiandogli la canna della pistola al petto.

«Aspetta, aspetta non sparare, io non sono cattivo, sono stato trasformato da poco. So che sei la ragazza del Maestro del casato Grey e che puoi aiutarmi. Parla con lui, magari posso lavorare von voi.»

«Aspetta qui, non ti muovere!»

Merit rientrò in casa e chiamò il castello. Quando William rispose al telefono, lei gli raccontò quanto successo, sottolineando quanto quel ragazzo le facesse pena.

«Non fare niente, arrivo subito», disse William quasi fosse un ordine.

Di lì a poco arrivò con alcune sacche di sangue. Il ragazzo lo ringraziò e le bevve con avidità come se non si nutrisse da giorni. Una volta valutata la situazione ed attingendo a tutta la sua esperienza di conoscenza del prossimo, disse:

«Lavorerai per me, se lo desideri.»

«Si Maestro, è quello che desidero.»

«Sappi solo che al primo segno che mi faccia capire, anche solo per un attimo, che sto riponendo male la mia fiducia, per te si metterà molto, ma molto male.»

«Non succederà, Maestro» disse timidamente il ragazzo. William fece un cenno di assenso e poi, rivolgendosi a Merit:

«Vuoi venire anche tu?»

«No grazie, sono molto stanca e poi sto riscaldando la cena.»

Così si salutarono ed il ragazzo, dopo qualche passo si voltò.

«Per la cronaca, e perché tu lo sappia, il mio nome è Alex.»

Rientrò in casa per godersi il meritato riposo, cenare e crogiolarsi davanti al camino. Arrivò un messaggio dalla sorella che le comunicava che il mese prossimo sarebbe venuta a trovarla. Merit fu contenta, anche se allo stesso tempo molto preoccupata. Doveva inventarsi qualcosa per nascondere questa sua doppia vita. Vampiri, castello, ribelli, armi sparse per casa.

Avrebbe dovuto mostrarsi quella che non è, celare alla sorella quel mondo al quale sempre più apparteneva.

Seduta vicino al fuoco, con i pensieri che vorticavano nella mente, non si accorse che qualcuno stava bussando alla porta. Poi un colpo più forte degli altri la riportò alla realtà.

Ma che cavolo, pensò, non c'è mai pace. Riprese la pistola.

«Chi è?» domandò secca.

«Non spararmi, sono io, Mi mancavi. Posso restare con te stanotte? So che eri accoccolata vicino al camino con i tuoi pensieri.» Aprì la porta. «Sei anche un stregone?»

William sorrise: «Si dice che quando bevi con la tua compagna, niente rimane un segreto.»

«Be', beviamo allora, magari la cosa è reciproca.»

Il giorno successivo, Merit era al castello con il compito di allenare Alex, prepararlo al combattimento ed all'uso delle armi. Se voleva diventare un membro del casato, certo è che doveva darsi molto da fare. Si trovavano nella palestra appositamente destinata a quello scopo.

«Sei molto brava», disse Alex.

«Sono cintura nera in karate» ribatté Merit, e poi continuò, «Alex, chi è che ti ha trasformato?»

«Quattro mesi fa, uscivo tranquillo da un bar, quando tre uomini mi hanno aggredito per derubarmi lasciandomi sul marciapiede in fin di vita. Un anziano che passava mi aiutò portandomi a casa sua, e quando mi svegliai ero già così. Lui capì subito che non ero aggressivo e che non gli avrei fatto del male, quindi cominciò a nutrirmi con animali. Passò qualche giorno e mi disse che in quelle condizioni non potevo più restare e mi convinse a cercarmi un casato a cui unirmi. Probabilmente quel simpatico vecchio era al corrente di tutto quello che succedeva. Così me ne andai.

Venni a sapere dei Grey e cominciai a seguire il Maestro, aspettando l'opportunità di parlare con lui. È così che ho scoperto chi sei. Per forza, eravate sempre insieme. E poi il resto lo sai.»

«Che cosa facevi prima di …», chiese Merit, ma fu Alex a finire la frase, «… di essere un mostro? Ero un insegnante di scuola.»

«Mi dispiace, Alex.»

«Non dispiacerti, ora ho un'altra occasione, diversa, ma pur sempre un'altra opportunità, e non intendo sprecarla.»

«Ok, ora basta parlare. Pausa finita.»

L'allenamento continuò con Merit che, col combattimento corpo a corpo, con Alex, sempre al tappeto, era praticamente imbattibile. Poi disse:

«Va bene, passiamo alle armi e mostrami quanto sei bravo.»

In quel momento entrò William.

«Come sta andando?»

«Non male, impara velocemente.»

«Perfetto, alla prossima caccia verrai con noi», comunicò William rivolto ad Alex.

«Sì, Maestro, per me sarà un onore.»

Si aprì l'ingresso della palestra. Tutti si voltarono, era Aron, che disse:

«Indovinate un po' chi è venuta a trovarci?» Fece un inchino ed un gesto eloquente ad invitare l'ospite ad entrare.

Apparve Melody.

Merit le corse incontro ad abbracciarla.

«Mi siete mancati, tutti.» Poi si guardò intorno e continuò: «Vedo che abbiamo un nuovo ragazzo.» Così Merit le raccontò tutto. Si appartarono e, come spesso succede quando due amiche si incontrano di nuovo dopo un po' di tempo, continuarono a parlare fino all'alba. Melody raccontò di quanto fosse innamorata di Roberto e quanto fosse meraviglioso vivere in Italia.

Il giorno dopo, Melody se ne andò, lasciando Merit triste, in fondo era l'unica amica che aveva. A William non piacque vederla in quello stato, così andò a casa di Siria e recuperò Felis. Quando lo diede a Merit, lei cambiò subito umore, lo prese in braccio e se lo strinse a sé. Era presente anche Alex e Merit gli disse: «Attento, ti proibisco di mangiartelo», e tutti si misero a ridere.

Arrivò sera, e William diede ad Alex la divisa del casato: giacca in pelle nera e scudo con il marchio dorato del casato. Al ragazzo brillavano gli occhi, orgoglioso di appartenere a qualcuno e nello stesso tempo preoccupato sentendosi addosso la fiducia che il Maestro gli aveva donato.

«Questa sera, Alex, sarà per te il momento della verità, non deludermi. Starai accanto a Merit e vi prenderete cura l'uno dell'altra. Che arma preferisci?»

«La spada», la timida risposta suonò come una mezza domanda.

«Va bene, e la spada avrai. Devi stare molto attento, sei stato trasformato da poco e sarai quindi più veloce, ma non pensare di essere invincibile. I ribelli sono forti e molto furbi, non hanno una coscienza, uccidono innocenti. Noi no. Ora preparati, ragazzo, la notte ci aspetta.»

«Si, Maestro.»

La divisa donava molto ad Alex, era un bel ragazzo: capelli neri, e occhi dorati come tutti e lineamenti del viso delicati.

Mentre Merit, in camera, stava indossando la divisa, William entrò e disse: «Posso parlarti un momento?»

«Ma certo, che c'è?»

In risposta, mise nelle mani di lei una chiave.

«Questa è per te. Ti ho preso una nuova auto, e qui fuori che ti spetta.»

La sorpresa di Merit fu grande.

«William, non posso accettare un simile regalo.»

«Perché no? In fondo stai lavorando per me, allenando i miei ragazzi e combatti con noi rischiando la vita. Questo è il minimo che possa fare.»

«Oh, amore», disse Merit baciandolo e correndo fuori. William la seguì, era troppo bello vederla come una bambina alla quale è stata appena regalata la sua prima bambola.

«Amore, con questa auto, Abishar non riderà più di me, forse sarò io che riderò di lui», e sorrise.

«Merit, è ora di andare, oggi guiderai tu la mia squadra, mi fido di te, Aron ed io rimarremo al castello.»

Lei ne fu lusingata.

Quella notte la squadra era formata da dieci elementi, compresa Merit che con orgoglio era al comando. A differenza dei vampiri che non pativano il freddo, lei aveva le mani congelate. La luna era nascosta e non vedeva nulla, ma i compagni non avevano problemi, i loro occhi erano come i quelli dei gatti e l'oscurità non era un problema. Merit era sicuramente svantaggiata e cominciava a nutrire dubbi se fosse o meno idonea al comando. Poi pensò che William aveva mostrato fiducia, ed avendo secoli di esperienza sulle spalle, sapeva bene il fatto suo.

Proseguendo si udivano voci lontane, forse il nemico.

«Attenti ragazzi, ci siamo.» Disse Merit al gruppo. Continuarono ad avanzare, fino a giungere in prossimità di una strada che conduceva a quelle che sembravano case. Si vedevano infatti delle luci, probabilmente un piccolo centro residenziale. Si udivano urla quindi si diressero in quella direzione sicuri che i ribelli stessero facendo del male agli abitanti.

Merit ordinò di entrare, dividendo il gruppo in modo da coprire tutte le abitazioni. Ciò che lei vide fu una famiglia in pericolo con i ribelli in procinto di mordere. Vide anche dei bambini. Subito sguainò la spada e si avventò sui ribelli decapitandoli con rabbia. Alex, che era con lei, aveva soccorso uno dei bambini prendendolo in braccio. Il piccolo era impaurito, piangeva, e così Alex, quando tutto finì fece in modo che né il bambino né la famiglia ricordassero nulla di quanto successo. A Merit sarebbe piaciuto possedere quel *super potere*. Quindi uscirono per raggiungere il resto dei compagni che, puntualmente, stavano tornando avendo a loro volta sistemato le cose.

Improvvisamente Merit vide un bambino con occhi argentati e sangue dalla bocca.

«Merit, allontanati subito! È un vampiro», disse Alex «Decisamente pericoloso. Che fai? Lo ammazzi tu oppure ci devo pensare io?» continuò.

«Alex, a te William ha dato un'altra opportunità di vita, facciamo lo stesso con questo bambino e portiamolo al castello.»

Alex la guardò per un momento non sapendo esattamente cosa fare.

«È un ordine!»

«Come vuoi.»

Così Alex, con un paio di compagni ed il bambino si diressero al castello. Merit e gli altri restarono a prestare soccorso ai feriti.

Un episodio scosse Merit: una donna a cui stava medicando una ferita al collo, disse di essere una veggente. Le prese la mano.

«Vedo molta oscurità intorno a te. Presto la raggiungerai.»

Merit si spaventò anche se non credeva a quelle cose, ma sentirsele dire era un'altra cosa. Scioccata uscì a prendere un po' d'aria,

Tutti finirono i loro compiti e così rientrarono al castello. Dovevano fare rapporto. William, appena vide Merit, le corse incontro e l'abbracciò.

«Mi ha detto Alex che sei stata bravissima, sono fiero di te.»

«Tutti sono stati bravi, come sta il ragazzino?»

«L'abbiamo chiuso in una stanza, non è ancora pronto per gli umani. Non ti avvicinare», una pausa e poi aggiunse: «Resti con me stanotte?»

«No, mi dispiace, vado a casa, porto Felis con me, e poi scusa, non vorrai che perda l'occasione di guidare la mia macchina nuova. Non ti pare?»

William sorrise e la baciò. Lei mise il suo adorato gatto nel trasportino, si mise alla guida della sua meravigliosa auto e si diresse a casa con la musica a palla. Aveva fame e quando arrivò, dopo essersi sistemata ed aver liberato Felis, aprì il freezer. Che desolazione, pensò, sempre le stesse cose congelate. Aprì allora il frigo e, visto che delle uova erano prossime alla scadenza, si fece una frittata. Cenò sul divano con il piatto in mano ed il gatto acciambellato vicino. Quando finì fece una doccia, spense il telefono e si infilò sotto le coperte.

Si addormentò in pochi minuti.

Un sogno non tardò a arrivare. Lei e William si trovavano al mare, sotto un sole che bruciava i loro corpi, piedi in acqua, sabbia bianca, profumo di salsedine e iodio. Un'isola deserta, nessuna preoccupazione, era una favola. Scogli e dune giganti proteggevano le loro vite, loro due soli.

Il viso umido interferì con tutta quella bellezza, qualcosa le inumidiva il viso. Si svegliò, e Felis, forse stanco di dormire, le stava leccando il viso.

Non voleva svegliarsi, il sogno doveva continuare. Ma realizzò che non avrebbe avuto certo un bel finale. William non poteva in alcun modo starsene sotto un sole cocente. Ripensandoci, questo sogno poteva essere un profondo desiderio di non rinunciare a nulla, di tenere, come si dice, *un piede in due scarpe*.

Quindi si alzò, si preparò, prese l'auto ed andò a fare colazione in centro al paese. La temperatura pian piano si alzava, giorno dopo giorno, segno che la primavera era alle porte. Era un piacere stare in città, il sole riscaldava, tanto che si cominciavano a vedere le prime gemme sugli alberi. Passeggiava spensierata assaporando tutto questo. Dei bambini giocavano a palla, quando uno di loro gliela lanciò. Corse a recuperarla e quando fu vicino domandò: «Ciao, come ti chiami?»

«Mi chiamo Merit, e tu?» Lui sorrise e scappò via. Merit ci rimase un po' male, continuò a guardarlo finché scomparve.

Entrò in un bar arredato anni ottanta e bevve un caffè ristoratore. Andò poi in un negozio dove quasi tutto era scontato. La commessa la riconobbe.

«Tu lavori in ospedale, un anno fa ho avuto una bambina, e tu eri lì. Sai, devo sempre portarla con me in negozio, non ho nessuno che possa prendersi cura di lei quando non ci sono. Mi sembra che ora non stia molto bene, credo abbia la febbre.»

«Se vuoi posso darle io un'occhiata.»

Le bastò un secondo per capire: «Hai ragione, è un po' calda, ma non preoccuparti è solo un raffreddore. Ho in macchina qualcosa che le farà bene, torno subito.»

Uscì e, dopo pochi minuti, ritornò.

«Dalle queste, vedrai che starà presto bene»

«Ti ringrazio tanto, scegli una di queste magliette, e per te»

Si salutarono e Merit continuò la sua passeggiata. Entrò in chiesa, accese una candela e si sedette su una panca. Non c'era nessuno e quel silenzio surreale fece spuntare una lacrima che solcò la sua guancia. Non capiva il perché.

Un uomo in abito talare (il Parroco?), si sedette accanto a lei. «Sempre meno giovani si siedono qui. Tu perché sei qui? Mi sembra che qualcosa ti stia turbando, non è vero?»

Merit lo guardò, non disse nulla e le lacrime continuavano a scendere.

«Hai proprio un bellissimo crocefisso, deve essere molto antico», continuò l'uomo.

«Lo è infatti. Mi perdoni, posso farle una domanda?»

«Certamente, dimmi pure.»

«Sono in equilibrio tra due mondi paralleli, non so proprio cosa fare. La scelta presuppone comunque grandi perdite ed io non potrò continuare in questo modo. Mi aiuti, la prego.»

«So perfettamente di cosa si tratta e posso dirti una cosa con certezza: alla fine, tu oppure il tuo destino ti porterà in uno di questi mondi. Non disperare, devi solo avere pazienza.»

«Grazie padre, ora devo andare», disse alzandosi e dirigendosi all'uscita ancora più confusa di prima. Ma le parole di quell'uomo... lui sapeva.

Il giorno seguente, Merit tornò al castello ad allenare i suoi soldati. Ormai era un compito che svolgeva regolarmente. Aveva instaurato un buon rapporto con i suoi allievi, la rispettavano anche se la sua condizione era diversa. Obbedivano senza discutere e veniva considerata come una di loro. A volte pensava: *sarà perché sono la ragazza del capo,* ma poi alcune situazioni le facevano capire che non era affatto così, erano sinceri e per niente condizionati. Era decisamente contenta e loro imparavano in fretta (buona insegnante?).

«Facciamo una pausa ragazzi», disse, ed approfittò per bere un sorso d'acqua. Poi si rivolse ad Alex: «Sai che è successo a quel bambino vampiro?»

«Si, è venuto Roberto a prenderlo. Nel suo casato non ci sono umani, quindi è più sicuro.»

Poi Merit, rivolgendo lo sguardo ai ragazzi che stava allenando, chiese: «Da dove vengono questi ragazzi? Non li ho mai visti prima.»

«Vivono al castello, nella parte alta vicino alla torre. Sono stati trasformati da poco, ma stai tranquilla, sanno trattenere la sete. Il

Maestro te li ha assegnati per metterti alla prova», rispose, e si mise a ridere.

«Ma davvero? Il tuo Maestro mi deve una spiegazione. Comunque non c'è proprio niente da ridere», disse leggermente alterata.

«Ragazzi, per oggi l'allenamento è finito», continuò Merit uscendo con il broncio alla ricerca di William.

Alex le corse dietro, era una cosa che non voleva perdersi.

«Per me è nascosto da qualche parte», Alex la prendeva in giro divertito.

«Prima o poi lo troverò, non preoccuparti. Adesso devo andare a lavorare, e dì al tuo Maestro che stasera sono a casa.»

Il lavoro si svolse normalmente per Merit, ma non vedeva l'ora che finisse per correre a casa aspettando il suo ragazzo. Appena finito il turno, si trovò William ad aspettarla nel parcheggio. Sentiva il suo profumo e lo sguardo profondo su di lei con quei suoi occhi dorati. Tanto bastò perché la sua rabbia svanì. Lui la baciò. «Andiamo al bar?», le propose, e lei acconsentì.

Nel tragitto Merit non disse una parola. Arrivati si sedettero ad un tavolo e lei ordinò il solito Gin Tonic.

«Alex mi ha riferito che mi stavi cercando. Ero nel mio ufficio e mi è sembrato strano che te ne sei andata senza nemmeno un ciao», esordì William con voce pacata e composta.

«William, tu mi hai dato in pasto a dei ragazzi appena trasformati, potevano attaccarmi.»

«Oh, andiamo, sai che non ti metterei mai in pericolo. Anche Alex è trasformato da poco e non hai avuto problemi. So quello che faccio, e sono sorpreso di questi tuoi dubbi. Comunque ti chiedo scusa, avrei dovuto parlartene», una piccola pausa e poi continuò, «Ah, quasi dimenticavo, ti ho portato un regalo» e tirò fuori dalla tasca un portachiavi dorato con le iniziali del casato.

«Molto bello, ti amo, ma adesso portami a casa, sono stanca, questi due lavori mi sfiniscono.»

«Lascia l'ospedale e stai con me»

«Ora non posso, viene a trovarmi mia sorella, sono cose che non deve sapere, e per un po' dovrò condurre una sola delle mie due vite.»

Così l'accompagnò a casa e rimase con lei fino a poco prima dell'alba. Poi se ne andò.

Monica Jacqueline Boerr – Merit

NONA PARTE

Anche il giorno seguente, Merit era in palestra di buon'ora con i suoi ragazzi. William aveva ragione, erano bravi davvero, come del resto aveva constatato il giorno prima.

Il principe osservava compiaciuto.

«Ragazzi, oggi me vado prima, devo andare a prendere mia sorella in aeroporto.»

«Tu hai una sorella? E dimmi, è bella come te?» Domandò Alex incuriosito.

«Ehi ragazzo, vacci piano, guarda che sono qui», disse subito William.»

«Ok ragazzi, non discutete, ci vediamo stasera al bar», s'intromise Merit salutando tutti e uscendo dalla palestra.

Nel frattempo Merit prese una telefonata della madre, che voleva avvertirla del fatto che Bonnie, la sorella, si era lasciata col fidanzato, era un po' depressa e quindi di starle vicino. Il cambio di ambiente e nuove distrazioni forse son sarebbero state sufficienti.

Arrivò così il momento fatidico in cui Bonnie raggiunse la sorella. Dopo essersi salutate a dovere, Merit la condusse a casa sua.

«Che bella casetta, piccola e accogliente, un po' isolata, ma mi piace un sacco», disse la sorellina.

«Purtroppo c'è una sola camera da letto, quindi dormirai con me. Ora sistema le tue cose mentre preparo un tè.»

Sistemando le proprie cose, Bonnie, peggio della sorella in fatto di curiosità, cominciò a guardarsi in giro ed infilare il naso nelle cose non sue. Quando ebbe finito, raggiunse Merit in cucina.

«Merit, senza volerlo ho visto che hai un borsone sotto il letto pieno di armi»

«Senza volerlo? Mi pare che tu abbia ficcanasato senza alcun ritegno», lo sguardo innocente di Bonnie era disarmante, e continuò, «Ci sono troppi orsi qui intorno e può essere pericoloso. Il tè è pronto.»

Ovviamente Bonnie non credette una sola parola.

Si fece sera e le ragazze uscirono a cena in una piccola tavola calda all'ingresso del paese. Poi andarono al pub di William che era presente. C'era anche Alex, *perfetto!* Merit presentò Bonnie ai due e si sedettero ad un tavolo.

Bonnie era visibilmente attratta da Alex, tanto che i due parlarono tutta la serata. Si fecero le due di notte, e Merit disse di tornare a casa che era tardi.

«È presto, ancora un pochino», disse la sorella senza togliere gli occhi di dosso ad Alex.

«Bonnie, se vuoi possiamo andare a fare un giro», disse Alex cogliendo l'opportunità. Così uscirono lasciando soli Merit e William.

La mattina Merit si svegliò con un braccio della sorella sopra la faccia e, cercando di uscire dal letto, inevitabilmente svegliò anche Bonnie.

«Buongiorno, sorellina.»

«Buongiorno anche a te», rispose sbadigliando.

«Com'è andata ieri sera?»

«Alex è bellissimo, mi piace molto.» Ci risiamo, pensò Merit.

«Che ti ha raccontato?» chiese quasi con paura.

«Solo che era un insegnante .»

Sollevata disse: «Ascolta sorellina, vado un'oretta in palestra, dopo usciamo. Non aprire la porta a nessuno.»

Merit era ansiosa di sapere tutto della sera precedente. Doveva parlare assolutamente con Alex. Giunta in palestra, i ragazzi la stavano aspettando e, dopo l'allenamento, chiese ad Alex se poteva dedicarle un minuto per scambiare due chiacchiere.

«Merit, tranquilla, non ho detto niente di cosa siamo e cosa facciamo, le ho chiesto di andare a ballare. Non sospetta niente.» Tirò un sospiro di sollievo, ma una mano fredda sul collo la tirò indietro e, a tradimento, William la baciò.

«Ragazzi, questa sera c'è luna piena, non m'importa quali piani abbiate, ma siete tutti invitati. Fuochi d'artificio!» Il principe era felice, «Per te, Merit, e tua sorella farò preparare qualcosa di speciale per cena, poi si balla e naturalmente resterete per la notte.»

«Tu sai ballare la musica moderna?» domandò Merit sbalordita.

«Purtroppo no, solo valzer. Sono all'antica io.»

Risero e gli dissero che avrebbe imparato da loro.

Poi, come promesso, Merit tornò a casa a prendere Bonnie per lo shopping ed un giro turistico della città.

Raccontò dell'invito per la serata e la dolce sorellina era così felice che probabilmente non si rese nemmeno conto del tour cittadino. Arrivarono le otto di sera ed entrambe indossarono jeans con tacchi alti e top eleganti. Quello di Merit era nero con dei fili dorati, mentre quello di Bonnie, anche se altrettanto nero, era a collo alto.

Quando pronte, salirono in auto e si diressero verso la destinazione. Arrivati Bonnie disse meravigliata: «Cosa? William vive in un castello?»

«Si, ma non dire niente a mamma, altrimenti dopo un secondo lo sa tutto il quartiere.»

Parcheggiarono e William corse a riceverle.

«Benvenute, vi stavamo aspettando. Siete fantastiche come sempre. Seguitemi.»

Entrarono nella grande sala e Alex corse a salutarle. Gli occhi di Bonnie brillavano. C'era un tavolo colmo di cibarie all'apparenza gustosissime. Merit, sapendo che i vampiri non lo avrebbero toccato, immaginò che tutto quel ben di Dio fosse per loro due. Non disse però nulla alla sorella, non era stupida e si sarebbe certo posta delle domande.

«Alex, accompagna Bonnie nella camera degli ospiti, così potrà sistemare le sue cose. Intanto approfitterò di dire due paroline a Merit.» La sorellina si guardava intorno meravigliata, incredula.

«Merit, più tardi andiamo in un locale dove ci saranno vampiri e umani. Lì balleremo tutti insieme. Mi sono poi informato sui ribelli, ed ho saputo che è tutto tranquillo, nessuna vittima. La cosa è strana, ho paura che si stiano preparando a sferrare una grossa offensiva.»

Merit lo guardava e si rese conto della forte preoccupazione del suo ragazzo, non ricordava di averlo mai visto così. Ci stava ancora pensando, quando fu distratta da Bonnie e Alex che tornavano sorridenti e complici in sala. Chissà cosa avranno in mente quei due, pensò.

Sul tardi andarono alla discoteca menzionata da William, non era tanto lontana. Arrivati c'era una fila di gente che aspettava per entrare. Non per loro, però, conoscevano le persone giuste e non ebbero problemi per entrare. All'interno la musica era davvero alta. Bonnie e Alex subito in pista, Merit e William preferirono prima un drink dando un'occhiata intorno.

«Andiamo a ballare», disse improvvisamente William.

«Sai, ti stavo prendendo in giro quando ho detto di non saper ballare con questa musica. Pensa che negli anni ottanta mi chiamavano la *Febbre del sabato sera*.»

Arrivò mezzanotte e, vedendo Bonnie appartata in un angolo con Alex a scambiarsi effusioni tutt'altro che equivoche, William decise che tutti dovevano tornare al castello. L'ordine non piacque, ma era chiaro, quindi obbedirono anche se a malincuore. In auto non parlava nessuno e giunti a destinazione, Bonnie, silenziosa andò in camera sua. Merit e William preferirono bere il cosiddetto bicchiere della staffa godendosi la notte sulla terrazza. Poi, tutti a nanna.

Il giorno dopo, durante la colazione, videro Bonnie arrivare mano nella mano con Alex. Dannazione, pensò Merit, hanno passato la notte insieme, ma cosa ho fatto di male per meritarmi questo?

La giornata comunque proseguì spensierata fino a sera quando, giunto il momento di rientrare alla baita, Bonnie disse alla sorella che sarebbe arrivata più tardi. Alex l'avrebbe accompagnata.

Quando la mattina seguente Merit aprì gli occhi nel proprio letto, quasi le venne un infarto. Bonnie era lì, inginocchiata accanto al letto con il viso a circa trenta centimetri da quello di Merit. Era imbronciata.

«Quando me lo avresti detto?»

«Ma di cosa stai parlando?»

«Del tuo ragazzo, di Alex e di tutti loro. Che cosa sono? Sono profondamente delusa da te. E le armi sotto al letto? Non sono per gli orsi, vero? Merit, dovrai darmi un bel po' di spiegazioni. Magari iniziando col dirmi la verità.»

Certo, stando così le cose, fu costretta a raccontarle ogni cosa cominciando da come conobbe William. Poi la condusse nel seminterrato nella stanza delle armi, le raccontò del nonno e del bisnonno e che erano cacciatori di vampiri. E le raccontò anche come lei aveva deciso di fare altrettanto.

«Wow, sei una cacciatrice come Buffy, l'ammazza vampiri?»

«Be' sì, qualcosa del genere. Bonnie, ora sta a te continuare con Alex o dimenticare tutto.»

«Lui mi piace molto, ci penserò.»

I pochi giorni di vacanza che restavano a Bonnie trascorsero sereni. Era spesso con Alex e sembravano decisamente felici. Poi la partenza. Promise che sarebbe tornata presto, ma Alex era triste, con il morale sotto i piedi. Passerà, pensò Merit, come passa tutto. Il tempo, grande guaritore.

Arrivò anche il momento in cui William doveva affrontare Merit per una questione importante, così le diede appuntamento una sera al pub. Quella sera, finito il turno, Merit si trovò col suo ragazzo dove stabilito. Il locale era vuoto, c'era solo lui che l'aspettava ad un tavolo con il suo Gin Tonic già servito nel bicchiere

«Merit, te lo devo dire, c'è ancora tempo, ma voglio chiarire subito. So che non sarà una sorpresa, ma è meglio affrontare la cosa ora. L'anno prossimo molti di noi dovranno andare via, non possiamo stare nello stesso posto troppo a lungo, noi non invecchiamo, e questo già lo sai, e la gente inizierebbe ad insospettirsi. Te lo dico ora perché tu possa pensarci, naturalmente se vorrai venire, sarai più che la benvenuta.»

«Non so che dire, mi sono trasferita da poco, ho un lavoro, ho dei colleghi fantastici. Sapete già dove andare?»

«In Alaska, abbiamo una grande villa. I luoghi che scegliamo non sono casuali: non devono essere troppo soleggiati. Il castello verrà chiuso per una trentina d'anni e poi ritorneremo», fece una pausa, «Purtroppo questa è la nostra vita, la nostra condanna.»

Merit non sapeva cosa dire. In cuor suo ne era consapevole: lui sempre giovane e bello, mentre lei… no. Questo pensiero che, per negazione, aveva accantonato, William l'aveva prepotentemente riportato alla luce.

«Anche il dottor Logan se ne andrà?», chiese dopo una lunga pausa.

«Purtroppo sì, anche lui, con moglie e amici stretti, dovrà cambiare aria.»

«Se decidessi di rimanere, oppure se tu mi lasciassi, mi devi promettere che farai in modo che non possa ricordarmi più nulla, così non soffrirò. So che puoi farlo.»

«Te lo prometto, stai tranquilla. Ora vieni, andiamo a fere due passi.» Erano abbracciati come una normale coppia, la luna e le stelle illuminavano il cielo, dando l'impressione che fossero lì solo per loro.

Si svegliarono insieme e trovarono in camera le loro colazioni, molto probabilmente fu William che diede disposizioni la sera prima. Per lei un vassoio con buon cibo, mentre per lui un ottimo bicchiere di B.R.H-negativo.

«Dopo che avrai bevuto quello, lavati i denti prima di baciarmi», disse Merit nauseata, lui si mise a ridere.

«Non sai quello che ti perdi» ribatté «io vado in ufficio, tu riposa ancora un po', l'allenamento lo farai più tardi.»

Così rimase a letto, ma con tanti pensieri che frullavano in testa. Il suo sguardo spaziava per quella stanza incredibile. Si alzò e cominciò a curiosare in giro. L'armadio era pieno delle sue camicie ordinate e profumate di lavanda. Poi andò in bagno, enorme, nella vasca potevano entrare quattro persone. La riempì e cosparse dei sali alla vaniglia, si adagiò con l'acqua fino alla gola e chiuse gli occhi per godersi il momento.

Dopo un po', un paio di gambe entrano in acqua. Era William, nudo, di una bellezza spettrale, sembrava un angelo caduto dal cielo, con il suo corpo muscoloso. Il cuore di Merit iniziò a martellare, persa nell'estasi.

«Ti amo William, e dopo averci riflettuto, credo che verrò con te il prossimo anno, non troverò mai un ragazzo come te.»

«Ed io non ti voglio perdere, piccola, ne morirei. Ops! Sono già morto» sorrise.

«Adesso devo vestirmi, i ragazzi mi aspettano in palestra», ribatté Merit sorridendo a sua volta.

Dopo un paio d'ore di duro allenamento, uno dei ragazzi desse:
«Merit, questa sera uscirai con noi, ci divertiremo un sacco.»

Merit disse a William che sarebbe uscita con i ragazzi.

«Divertiti, io delle cose da fare qui.»

Così, alle otto, era pronta e senza la minima idea di dove l'avrebbero portata. Salirono in due auto e, quando uno di loro disse: «Siamo arrivati», Merit vide dal finestrino, nient'altro che foresta, nessun bar o qualcosa del genere.

«Ehi ragazzi, è uno scherzo per caso? Stiamo per caso andando a caccia?»

«Noi sì», rispose divertito il solito ragazzo.

Si misero a correre da una parte all'altra, alcuni si arrampicavano catturando uccelli, altri conigli. Tutti avevano la bocca grondante di sangue: uno spettacolo nauseante.

Merit non riuscì a trattenersi e vomitò appoggiandosi ad un albero. Che schifezza, pensò, non credo di farcela. Loro ridevano «è una scommessa per vedere quanto riesci a resistere, senza scappare», disse Alex,

«Se c'è di mezzo lo zampino di William, io questa volta lo ammazzo.»

Ridevano tutti.

«Adesso andiamo al bar a bere qualcosa, mi sono stufata.»

Quando giunsero al bar, c'era William dietro al bancone.

«Com'è andata ragazzi? Ha resistito bene?»

«William Grey, te la farò pagare per questo», abbaiò Merit infuriata.

«Non vedo l'ora», ribatté William con un'autentica faccia da schiaffi.

I ragazzi l'avevano trattata come una di loro, ridendo, scherzando e stuzzicandola e, a conti fatti, tutto ciò era lusinghiero. L'unica differenza era che a le batteva il cuore, a loro no.

Cominciò quindi a fidarsi e a non avere paura. Erano i suoi amici vampiri ed alla base c'era un rispetto reciproco.

Al tavolo l'argomento principe era la storia del vampiro più potente e pericoloso da oltre duemila anni, ed era stato visto in città. Volevano catturarlo. Merit, ovviamente esclusa da questa conversazione, si annoiava, per cui salutò tutti e se ne andò.

Arrivata a casa, si fece una buona camomilla ed andò a godersela in giardino, dove era sistemata una comoda panchina. C'era una brezza leggera, gradevole e non troppo fredda. Guardava le stelle, quando le si presentò davanti un ragazzo: bello, alto, capelli lunghi biondi e occhi azzurri a mandorla. Trent'anni, più o meno. Accidenti, pensò Merit, sono disarmata, che diavolo vorrà?

«Bella nottata, posso sedermi un minutino? Sono un po' stanco», disse il ragazzo. Merit era perplessa. Era strana la situazione: lei sola ed uno sconosciuto spuntato dal nulla. Lo squadrò dalla testa ai piedi e poi disse: «Ma sì, che diavolo, siediti pure.»

Sembrava piuttosto tranquillo, così cercò di saperne di più iniziando una conversazione. «Che fai in giro a quest'ora?»
«Abito a pochi chilometri da qui e mi è venuta voglia di fare una passeggiata. Tu come ti chiami?»
«Mi chiamo Merit.»
«È stato un piacere conoscerti e, se non ti dispiace, continuo la mia passeggiata», si alzò dalla panchina e se ne andò.

Merit rimase a bocca aperta come a mezza frase, profumava vagamente di gelsomino. Un tantino maleducato, pensò, sarebbe stata buona creanza dirmi almeno il suo nome, vabbè, certo che di strambi ce ne sono in giro. Quindi finì la sua camomilla e rientrò infilandosi sotto le coperte. Si addormentò poco dopo abbracciata a Felis che faceva le fusa.

Il giorno dopo, tornò al castello, c'era Aron e William che ancora parlavano del pericoloso vampiro chiamato Uber. Le dissero che la sera stessa gli avrebbero dato la caccia.

E fu così che andò: tutti in divisa e armati fino ai denti, entrarono nel bosco iniziando l'ennesima caccia.

Si separarono cercando di perlustrare una superficie più grande. Merit si ritrovò sola. Dava la caccia ad un fantasma, non conosceva l'aspetto di questo fantomatico Uber.

Improvvisamente vide un essere che le correva incontro: un orribile vampiro con occhi argentati e visibilmente assetato di sangue. Merit teneva stretta nella mano la sua semiautomatica caricata ad argento.

«Uber!» gridò.

«Mi dispiace, tesoro, magari lo fossi. Ma ti ucciderò lo stesso.»

Senza esitazione, Merit sparò polverizzandolo. Un secondo dopo Aron le si avvicinò preoccupato per accertarsi che non le fosse successo niente. Tutto a posto e con il walkie talkie avvertì che si era trattato di un falso allarme.

La prossima volta ne voglio uno anch'io di quei cosi per parlare, pensò. Poi continuò da sola, Aron imboccò un altro sentiero. Era molto attenta ai suoi movimenti, passo leggero ed orecchie tese. Ormai erano tanti i chilometri che aveva percorso, quindi, stanca, si sedette su una roccia a riposare qualche minuto e rifocillarsi bevendo un po' d'acqua. Quando sentì dei passi alle sue spalle. Trasalì e si voltò di scatto con l'arma in pugno. Era il ragazzo biondo della sera prima.

«Ciao Merit, cosa ci fai qui, sei una cacciatrice?»

«Accidenti a te, vattene via, è pericoloso stare qui», sbottò Merit. Lui corse via, forse spaventato dal tono aggressivo della ragazza. Più tardi rientrarono tutti.

La caccia si ripeté due notti ancora, ma di Uber nessuna traccia. William non voleva più che Merit andasse con loro. Per quanto si fidasse, diceva che se l'avesse trovato, lui l'avrebbe uccisa in un secondo senza che lei se ne accorgesse. A malincuore Merit acconsentì.

Una sera, dopo il lavoro, tornando a casa, Merit vide per strada un furgoncino che vendeva hamburgers. Le venne l'acquolina in bocca e si fermò. Prese un succulento panino e si sedette ad un tavolino sistemato lì davanti. Dopo un paio di morsi, il solito ragazzo dai capelli biondi si trovava a passare e si fermò.

«Mi stai forse seguendo?» domandò Merit.

«No, è la mia solita passeggiata. Scusa se ti disturbo, meglio che continui, ciao.»

«Ma no, dai, siediti e fammi compagnia. Prendi qualcosa? Offro io.»

«Ti ringrazio, ma io non mangio» rispose spiazzando la ragazza.

«Sei un vampiro!? Scusa, ma non me n'ero resa conto.»

«Non preoccuparti, succede. Oggi niente caccia?»

«No, se ne occupa il mio ragazzo, William Grey, lo conosci?»

«Certo che sì. Non posso crederci, tu sei l'umana che sta con il Maestro. Si parla molto della vostra storia tra i vampiri. Non sapevo fossi tu.»

Finito il panino si salutarono ed ognuno per la propria strada. Lui continuò la sua passeggiata e lei risalì in auto e tornò a casa.

All'allenamento della mattina seguente, Merit fu felice nel constatare la bravura dei suoi allievi ed arrivò alla conclusione che il suo lavoro ormai era finito. Non c'era più niente che potesse ancora insegnare. William la osservava, così lei gli riferì le sue impressioni con orgoglio. Poi gli chiese di Uber e se ci fossero stati degli sviluppi.

«Purtroppo non sappiamo dove si nasconde e magari se n'è già andato. Per un po' lasceremo perdere», fece una pausa, poi cambiò espressione e continuò: «Melody e Roberto hanno deciso di sposarsi. Abbiamo un matrimonio da organizzare, la festa si farà qui al castello con più di duecento invitati. Loro saranno qui domani.»

Merit non ricordava di aver mai visto il suo ragazzo tanto nervoso, sicuramente ne era a conoscenza da un po'. Poi pensò che un matrimonio tra vampiri sarebbe stato per lei un'occasione unica (non si vede certo tutti i giorni). Servirà un abito da sera nero.

Ed arrivò anche il giorno del matrimonio tanto atteso ed al castello c'era un gran fermento. Il salone era decorato a dovere: fiori rossi, tovaglie bianche decorate, sedie nere imbottite, candelabri in oro su ogni tavolo con candele nere accese e moquette viola.

Nel pomeriggio Jhon andò da Merit per consegnarle il vestito che avrebbe indossato la sera stessa. L'aveva portato Melody direttamente dall'Italia. L'occhio le cadde su un cartellino appeso alla confezione. Era il prezzo: tremila euro. Oh mio Dio!, non lo guadagno in tre mesi di lavoro, pensò. Aprì la custodia dell'abito: un vestito nero in seta, lungo, con il corpetto squadrato senza spalline. Uno spacco laterale fino a mezza coscia, stupendo.

Alle sei di sera, Merit era già pronta, truccata e vestita di tutto punto, capelli tirati indietro e coda alta. L'abito le stava benissimo, orecchini e collana di perle. Jhon arrivò a prenderla alle sette. Un po' in anticipo a dire il vero e, già nervosa per la serata (l'unica umana in mezzo a centinaia di vampiri), si chiese come mai. Sentì bussare alla porta. Corse ad aprire e si trovò davanti il ragazzo biondo dai capelli lunghi.

«Ma si può sapere che vuoi?» chiese lievemente alterata.

«Merit, sei bellissima, sono venuto a portarti questo» rispose porgendole un oggetto avvolto in un pezzo di carta. Merit si liberò dell'involucro e scoprì all'interno un orologio da tasca in oro bianco apparentemente molto antico. Lo aprì e dentro c'era un'iscrizione:

Per Robi, da papà

«Questo, durante una battaglia, è caduto a tuo nonno Robi, figlio di Charlie. Io c'ero, loro diedero la caccia a me e a William per anni. Quando ti ho visto la prima volta seduta qui fuori, sapevo che eri la nipote di Robi, tu assomigli molto a tua nonna e, come ti dicevo, questo orologio gli è caduto. Pochi giorni dopo lo trovai per caso e in un primo momento pensai di venderlo. Non so per quale motivo cambiai idea e lo conservai tutto questo tempo. Ora è tuo, ti appartiene.

«Grazie, sono commossa, lo terrò gelosamente sempre con me.»

«Come mai sei vestita così elegante?»

«Un matrimonio, al castello, stasera, anzi, credo che dovrò salutarti sono in ritardo» disse e così il ragazzo fece per andarsene, quando Merit aggiunse: «Ehi, come ti chiami?»

Non rispose, poi scomparve.

Così Merit salì in auto e, seduta sul sedile posteriore, pensava alla prima volta che arrivò al castello, agitata come lo era adesso. Si aprì il grande cancello e l'auto condotta da Jhon si fermò davanti alla scalinata. William l'aspettava, bellissimo in smoking. Le aprì la portiera e le porse la mano invitandola a scendere.

«Sei incantevole, mia cara.» La baciò e le diede il braccio. Entrarono insieme con fare solenne. Qualcuno si girò a guardarli. Tutti erano molto eleganti, l'arredo era fantastico. Tutti quelli che Merit conosceva erano presenti. In un angolo un'orchestra suonava una musica di sottofondo.

Poi la musica cambiò e tutti si voltarono verso la grande scala che scendeva dai piani superiori. Gli sposi erano comparsi e stavano scendendo lentamente. Melody aveva un vestito rosso acceso, lungo e ampio, molto bello, lui con frac nero e capello a cilindro. Anche il bambino vampiro era presente e stava scendendo con loro.

Si posizionarono al centro sopra una pedana allestita per l'occasione. William fece un discorso sul matrimonio. Poi la coppia si inginocchiò davanti a lui. Il bambino diede al principe un coltello con il manico in oro. William lo porse allo sposo che si tagliò un polso. Poi passò il coltello a Melody che fece altrettanto. Il loro sangue venne raccolto quanto bastò a riempire una coppa. Il rito imponeva che tutti gli invitati dovevano berne un piccolo sorso.

William si avvicinò a Merit: «Non sei costretta a farlo.»

Quando la coppa arrivò nelle sue mani, tutti la osservavano aspettando di vedere cosa avrebbe fatto.

«Lo devo a Melody, è la mia unica vera amica», chiuse gli occhi e bevve un piccolo sorso. Aprì gli occhi e, da lontano, vide la sposa che con un sorriso le fece un cenno di ringraziamento.

Andò subito in bagno a sciacquarsi la bocca. Aveva un forte senso di nausea, ma si sforzò di non pensarci. Uscita dal bagno si ritrovò davanti la vampira dai capelli rossi, sembrava volesse colpirla. Per fortuna arrivò Alex che tempestivamente la prese per un braccio e l'accompagnò dall'altra parte del salone a bere dell'ottimo champagne.

«Credo che mi odi», disse.

«Lascia perdere, è solo gelosa, questa sera sei particolarmente bella.»

«Anche tu non scherzi. Ho visto il bambino, molto tranquillo, diverso da come lo avevamo trovato.»

«Tutto grazie a te, Merit», disse Melody, che sentì la conversazione. Merit l'abbracciò.

«Immagino tu sia molto felice in questo giorno speciale», poi, avvicinandosi all'orecchio «Grazie per lo splendido vestito.»

«Merit, sei una sorella per me. Qualunque cosa tu abbia bisogno io ci sarò, anche solo per parlare se mai ti sentissi triste. Ora torno dal mio sposo, mi starà cercando.»

William e Merit iniziarono a ballare. L'orchestra suonava un Valzer. I loro piedi roteavano intorno al salone.

«Ti ho fatto preparare qualcosa da mangiare: canapè» disse William.

«Dove sono? Sto morendo di fame.»

Si guardò intorno e vide i vampiri con in mano un calice nero a bordo dorato. Non era difficile immaginare cosa contenesse. Se fosse il mio matrimonio e se mia madre vedesse tutto questo, le verrebbe un infarto, pensò, non è possibile mescolare due famiglie così diverse. Senza contare che manca un prete, è stato William a sposarli, e a noi chi ci sposerebbe? Aron? Alex? La vampira dai capelli rossi? Non esiste!

«Che stai pensando?»

«Niente, non sto pensando a niente», mentì.

«Esco a prendere una boccata d'aria fresca», disse e William la seguì.

«Merit, ho lasciato il mio appartamento agli sposi, così staranno più comodi.»

«Be', andiamo a casa mia, saremo soli e tranquilli.»

«Vuoi andarci ora?» domandò lui.

«Si, per favore.»

Fuggirono così dalla festa senza che nessuno si rese conto della loro assenza, almeno non subito.

Dopo una splendida notte, si svegliarono abbracciati.

«Non ti ho ancora ringraziato» disse William.

«Per che cosa?»

«Per aver bevuto il sangue degli sposi. Alex aveva scommesso cento dollari che non l'avresti fatto. Così ho vinto.»

«Quando lo vedo, lo ammazzo.»

Risero. Poi Merit continuò: «William, si un giorno ci sposassimo, sarà lo stesso rituale?»

«Non saprei, nessuno ha mai sposato un'umana. Ma perché, vuoi sposarti?»

«No, no, era solo per curiosità.»

Un messaggio arrivò sul telefono di Merit.

«William, Melody vuole vederci stasera.»

«Ok, intanto torna a letto, abbiamo ancora un sacco di tempo.»

Ogni volta che sono con lui, pensò Merit, lo amo ogni giorno di più.

Al castello il salone, grazie al personale che si era dato un gran da fare, era tornato alla normalità.

Eramo seduti a bere champagne, il bambino, vedendo Merit, le sorrise e chiese se poteva darle un bacio. Lei acconsentì, così il bambino si avvicinò e le schioccò un bacio sulla guancia.

«Credo che ti voglia bene, ti vede come la sua salvatrice», disse Roberto.

«Penso sia l'opposto per me. Scusa piccolo», commentò Alex, ma il piccolo gli si avvicinò accarezzandogli il viso.

«Melody» disse poi Merit «vorrei darti una cosa.»

«Vieni con me.»

Melody la portò nell'appartamento di William. Quando aprirono la porta, Merit sgranò gli occhi: «Gesù! Ma che è successo? Un terremoto?»

«Si, non preoccuparti, dopo mio fratello sistema tutto. Alla peggio dormirete in un'altra camera .»

Merit tirò fuori un sacchettino dalla borsa.

«Lo avevo comprato mesi fa. Sono due braccialetti della amicizia, in oro bianco e con un cuori con incisi i nostri nomi. Uno è per te e l'altro lo metto io. È un simbolo che ci unisce per sempre, sia che tuo fratello mi lasci, sia che io muoia. Ti voglio bene come una sorella.»

Si abbracciarono e Melody sussurrò: «Anch'io ho qualcosa per te.»

Prese una borsa di carta e la diede a Merit. Dentro c'era della lingerie sexy (che ad un primo sguardo non copriva nulla) ed un paio di manette. Le sollevò con due dita come per dire *e queste cosa sono?* «Tranquilla, non sono d'argento, non fanno male a mio fratello.» Merit non sapeva se ridere o scappare.

A tre ore dall'alba, Melody, il suo amato sposo ed il piccolo vampiro, presero l'aereo e tornarono in Italia. Lasciò un grande vuoto nel cuore di Merit.

«Andiamo a dormire un po', piccola mia», disse William. Così andarono in una stanza più piccola, dato che l'appartamento era sottosopra. Molto bella, ben arredata e con un quadro appeso ad una parete che riportava una fotografia di William con Marilyn Monroe. Merit spalancò gli occhi incredula.

«Tu la conoscevi?»

«Lo confesso, sono uscito con lei una sola volta a cena. Quella foto è stata scattata proprio in quel ristorante.»

«Raccontami tutto quello che sai di lei.»

William iniziò a raccontare, ma Merit non riuscì a resistere fino alla fine e si addormentò.

Quando si svegliò il mattino dopo, William dormiva ancora. Così, una volta pronta, chiese a Jhon se potesse accompagnarla a casa. Jhon era sempre disponibile e lo fece con piacere.

Arrivata a casa, Merit non ebbe molto tempo per prepararsi. Giunta alla porta d'ingresso trovò un biglietto:

Mi puoi prendere sacche di sangue? Grazie.

Immaginò subito di chi potesse essere e non se ne preoccupò molto. Andò quindi al lavoro tranquilla dove trascorse una giornata altrettanto tranquilla. Abishar e Siria la invitarono a bere un drink, dopo il turno, in un posto dove facevano karaoke. Prima di andarci, però, Merit andò dove lavorava la moglie del dottor Logan per prendere un paio di sacche di sangue. Disse che erano per un'amica. Ottenne le sacche senza problemi e si diresse verso casa.

Quando arrivò non c'era nessuno, quindi approfittò per farsi una doccia e cambiarsi d'abito. Stava per uscire, quando bussarono alla porta. Aprì e si trovò davanti il ragazzo dai capelli lunghi biondi. Merit non era sorpresa:

«Non so perché faccio certe cose, tieni», disse Merit porgendogli il contenitore con ghiaccio e si accorse che le sacche erano quattro e non due (meglio abbondare).

«Ti ringrazio infinitamente, sei stata carina.»

«Scusa, ma perché non vai al castello dai Grey?»

«Non posso proprio. Grazie ancora.» E se ne andò.

Che uomo misterioso.

Si recò così al bar dove i suoi colleghi la stavano aspettando. Lei ordinò il solito Gin Tonic, mentre Siria fu la prima a salire sul palco a cantare scatenando un'ilarità irrefrenabile a Merit e Abishar. Dopo fu il turno degli altri due cantando un grande successo dei Beatles (l'unica canzone di cui Merit conosceva il testo). Chi dei due fosse il più stonato era difficile a dirsi.

La serata si svolse allegramente: un duetto si mise a suonare musica country, difficile non entrare in pista a ballare.

Alla chiusura del bar, tornarono tutti al parcheggio. L'auto di Abishar era parcheggiata a fianco a quella di Merit e, prima di salire, si soffermò qualche secondo ad ammirare l'auto della collega: «Merit, questa sì che è una bella macchina.» Merit sorrise con orgoglio e salì sulla sua meraviglia. Abishar era appena partito, quando sentì Siria che gridava.

«Oh merda!» Imprecò correndo il più velocemente possibile dall'amica.

«Che succede?»

«Merit, quel tizio mi ha rubato la borsa con documenti e soldi.»

Senza pensarci un secondo, Merit corse all'inseguimento e, dopo pochissimo, le fu sopra. Siria, meno allenata, la raggiunse quasi subito.

«Restituisci immediatamente la borsa alla mia amica.»

«Scordatelo!» Disse estraendo un coltello e puntandolo verso Merit. Mossa prevedibile, pensò, e con un gesto fulmineo piazzò un calcio tra le costole del ladro. Un grido di dolore e cadde a terra lasciando il coltello. Merit gli strappò di mano la borsa e la diede all'amica.

«Adesso vattene via e non farti più vedere.»

Scappò quindi a gambe levate, Siria rimase a guardarla sbalordita:

«Grazie, ma come hai fatto?»

«Che vuoi farci, in fondo sono cintura nera di karate» rispose «vieni, ti accompagno alla macchina.»

Quando risalì anche lei sulla sua auto pensò *per fortuna che era un umano, altrimenti non so proprio come avrei potuto spiegarglielo.* Il giorno dopo, Siria raccontò ai colleghi dell'ospedale quello che successe la sera passata. Tutti stavano quindi aspettando l'eroina del momento e, quando la videro, un fragoroso applauso l'accolse. Ok! Passerò alla storia, pensò. Per ringraziarmi Siria le preparò una teglia di lasagne (sapeva che non sapeva cucinare). Le fece molto piacere e, quando finalmente tornò a casa, mangiò quasi la metà di quella prelibatezza italiana.

Satolla e soddisfatta uscì in giardino a prendere un po' d'aria. Improvvisamente una voce femminile alle sue spalle la fece trasalire.

«Ciao Merit.»

Si girò di scatto e vide la vampira dai capelli rossi. Merit la salutò titubante, non sapeva cosa dire né cosa fare, era disarmata e questo la preoccupava non poco.

«Volevo fare due chiacchiere con te. Se lasci William per sempre, prometto di lasciarti vivere, in caso contrario ti ammazzo adesso, qui, davanti a casa tua. Hai tre minuti per pensarci.»

Merit rimase un po' scioccata, poi, con fermezza, disse:

«Vediamo se ho capito bene: primo, dovrei lasciare il mio fidanzato per una come te? Per un tuo capriccio? E secondo, cosa ti fa pensare che invece non ti uccida prima io?»

«Ascolta ragazzina, William non può stare con te, un'umana, non avete nessun futuro e, cosa da non trascurare, sono una vampira da più di trecento anni, sono più forte e non vedo armi.»

Aveva maledettamente ragione, poteva annientarla in un secondo.

«Non te le chiederò di nuovo, voglio una risposta, adesso!»

«No, non lo lascerò mai.»

Quasi non finì di parlare che la vampira si trasformò: gli occhi si fecero argentati e le zanne spuntarono minacciose. In meno di un secondo assalì Merit con una forza bestiale e, per quanto lei fosse allenata, subì quel violento attacco. Cadde a terra ed un ginocchio della vampira le si piantò nell'addome, non riuscì a reagire, era tanta, troppa quella forza, le mancava il respiro. Merit guardò il cielo sperando nell'aiuto divino, è la fine, pensò, mentre due mani come una morsa d'acciaio le stringevano la gola. Le forze lentamente l'abbandonavano e si lasciò andare. Guardava le nuvole con quelle strane forme aspettando la morte, quando vide un qualcosa piombare giù dal cielo.

Ci fu confusione, ma riuscì a notare solo che quella cosa aveva una chioma bionda fino alla vita ed il viso di un angelo. Forse fu il frutto della sua immaginazione, ma quell'essere, prese da dietro la vampira, le afferrò la testa e gliela staccò dal corpo buttandola a lato.

Merit riprese a respirare, e questo era reale.

«Grazie, mi hai salvato la vita, sarò sempre in debito con te», disse ancora confusa e con la vista annebbiata, e per tutta risposta sentì da poco lontano la voce di William.

«Merit, dove sei?»

Ripresasi appena; Merit si guardò intorno, ma non vide nessuno all'infuori del suo fidanzato che le correva incontro.

«Scusami per la tua amica, voleva ammazzarmi, voleva che ti lasciassi, e quando ho detto di no mi ha attaccato.»

William si guardò intorno.

«D'accordo... ma staccarle la testa a quel modo, solo un vampiro riesce a farlo.»

«È Alex che mi ha insegnato», mentì. Cosa poteva mai raccontargli? Che un angelo è piombato giù dal cielo solo per lei? Non esiste, ma era abbastanza chiaro che William non se l'era bevuta.

«Sono venuto solo per dirti che questa sera devo andare a trovare un amico in California, dobbiamo sistemare alcune cose. Ora devo andare.»

«E cosa ne faccio della rossa sul mio prato?»

«Non preoccuparti, mando qualcuno a sistemare tutto.» Dicendo questo, la baciò e se ne andò.

Merit tornò in casa, sollevata. E così, hai un angelo custode, si disse, ed andò a dormire.

La notte portò consiglio, ed il mattino dopo si svegliò convinta che il suo salvatore era quel ragazzo biondo dai capelli lunghi conosciuto qualche tempo prima. Decise allora di ringraziarlo con delle sacche di sangue. Si recò quindi dalla moglie del dottor Logan, la quale non fece domande.

Rientrò e mise il tutto in un contenitore frigo da campeggio, lo riempì di ghiaccio e lo collocò fuori casa nello stesso punto dove lui presumibilmente le salvò la vita (la rossa era scomparsa, come ogni traccia dell'aggressione). Il giorno dopo il contenitore non c'era più. Al suo posto un biglietto:

Grazie Merit.

Passò un altro giorno e Merit era raggiante. La rossa vampira non c'era più, aveva un amico invisibile ed un fidanzato che amava; che poteva volere di più. Era il suo giorno libero, e così andò dal parrucchiere e a fare shopping. La sera si recò a casa di Siria per riportarle la teglia. Cenarono insieme chiacchierando come normali amiche e colleghe. Era un bel po' che non trascorreva una serata "normale".

Quando tornò a casa, com'era solito fare, si preparò una camomilla e si mise in giardino sulla solita panchina. Sperava in cuor suo di rivedere il ragazzo dai capelli biondi lunghi, non sapeva il perché di quel desiderio: lui era il suo angelo custode, il suo *arcangelo Gabriele*. Il ricordo del volo per salvarle la vita era ora nitido nella sua mente.

Ma non si fece vedere, né quella sera né le sere successive.

Un giorno William andò a trovarla tutto sorridente e la portò al castello, c'erano tutti, agitatissimi.

«Che succede?» Domandò Merit.

«Abbiamo preso Uber, bisogna festeggiare», rispose Aron.

«Lo avete ucciso?»

«No, non ancora, lo teniamo prigioniero.»

Erano tutti euforici, ma Merit, era stranamente seria: aveva una brutta sensazione che le impediva un normale respirazione. Si allontanò da tutti ed andò in camera sua, non si sentiva molto bene, quindi si mise a letto e si addormentò.

Si svegliò a notte fonda con William accanto ancora profondamente addormentato. Scese piano dal letto e uscì dalla camera in pigiama e scalza per non far rumore. Voleva vedere Uber.

Scese nei sotterranei, non c'era nessuno, così accese la luce. In una cella vide Uber, il viso una maschera di sangue ma riconobbe il ragazzo dai capelli biondi lunghi.

«Tu sei Uber?, ma che hai fatto perché ti odino tanto? Quante persone hai ucciso?» Chiese Merit visibilmente turbata.

«Io non ho ucciso nessuno, mi vogliono morto e francamente non so il motivo. Non sono un vampiro, ma un Angelo caduto ed il sangue che ti ho chiesto non era per me, ma per una ragazza appena trasformata. Mi sto prendendo cura di lei.»

«Dimmi dov'è la chiave. Ti tiro fuori di qui.» Lui indicò la parete opposta. Merit si voltò e vide la chiave appesa al muro. Aprì la gabbia senza perdere tempo e Uber uscì.

«Ora vattene, e non tornare mai più.»

Prima di andare lui le prese il viso tra le mani e la baciò, un lungo bacio caldo e delicato. Merit non si ritrasse, anzi al contrario ricambiò.

«Grazie Merit, non ti dimenticherò mai», e corse via, ma prima di scomparire si voltò ancora una volta a guardarla, lei ferma, immobile.

Quando si riprese, tornò in camera, si infilò sotto le coperte e si addormentò. Nessuno si era accorto di nulla.

La mattina fu svegliata da grida e da qualcuno che bussava forsennatamente alla porta come se volessero buttarla giù. Entrò Alex col fiatone:

«Maestro, il prigioniero è scappato.»

Alex fissava Merit, non le toglieva gli occhi di dosso.

«Hai controllato le telecamere?»

Oh merda! Pensò Merit, che stupida sono stata, potevo immaginarlo. William si infilò i pantaloni e uscì di corsa.

Merit si vestì come un fulmine, doveva andarsene subito da lì, dalla tana del lupo. La sua auto non c'era, ma nel giro di mezz'ora riuscì, prendendo un taxi, ad essere a casa.

Si cambiò e si nascose addosso delle armi. Ma chi voleva prendere in giro, se fossero arrivati, non avrebbe avuto scampo.

Una ora più tardi suonò il telefono. Era Alex.

«Merit, non me ne frega niente se ti baci con altri uomini, non sei la mia fidanzata, ma io ho giurato fedeltà al mio Maestro. Ha visto il video, è arrabbiato e sta venendo da te.»

Appena riagganciato sentì l'auto di William arrivare e parcheggiare davanti alla porta di casa. Sarà venuto con la sua katana per tagliarmi la testa, pensò. Poi aprì la porta.

«Sei qui da solo!?» Merit era stupita.

«Certo che sono solo, con chi dovevo essere? Con il tuo amante?»

«Prima di tutto non è il mio amante, lo conoscevo solo da poche settimane e non sapevo nemmeno il suo nome. È stato lui a salvarmi la vita uccidendo la tua amica rossa. Ero in obbligo con lui, così l'ho liberato.»

«E il bacio? Anche quello era un debito?»

«È lui che mi ha baciato, e non è mai successo niente tra noi. Gli ho solo procurato delle sacche di sangue.»

«Merit, lui è un Angelo, non beve sangue, e non può accoppiarsi con nessuna. Tu sei cotta di lui. Fa questi giochetti: si avvicina come un amico per poi farti cadere tra le sue braccia, poi ti lascia.»

«William, non è così, ti stai sbagliando, lui mi piace solo come amico.»

«Non credo sia così, ho visto il video e lo hai baciato con la stessa intensità. Meglio prenderci una pausa.»

«Mi stai lasciando?» A Merit tremavano le mani e lui, freddo, le tolse l'anello di fidanzamento che le aveva regalato, se lo mise in tasca e se ne andò.

Il mondo le cascò addosso, se le avesse tagliato la testa sarebbe stato meglio. Pianse per due interi giorni, era distrutta, ma prese una decisione: mandò un messaggio a Jhon che venisse a riprendersi l'auto che non le apparteneva più. Mise tutta la sua roba in una valigia, riportò nel sotterraneo il borsone con le armi e chiamò Siria chiedendole se poteva accompagnarla all'aeroporto.

Venne con Abishar e così Merit raccontò del suo fidanzato che l'aveva lasciata e diede a Siria una busta con le sue dimissioni per il dottor Muller.

L'auto si mise in moto e si avviò. Merit si voltò ancora un ultima volta per guardare la casa dove era stata tanto felice.

DECIMA PARTE

Quando Merit giunse finalmente nella casa in riva al mare dei suoi genitori, fu accolta con gioia, ma anche con notevole sorpresa. Non chiesero nulla convinti che sicuramente qualcosa sotto c'era, ma avrebbero aspettato quando fosse stata pronta a vuotare il sacco.

Raccontò invece tutto alla sorella, che continuava la sua storia con Alex. Merit stava proprio male, amava William e non riusciva proprio a toglierselo dalla testa. Pensava a lui tutto il tempo, aveva perso l'appetito, guardava il mare per ore assorta nei pensieri. La madre insistette perché la vedesse uno psicologo offrendosi di accompagnarla.

La sorella cercava di distrarla portandola a ballare, ma dopo poco voleva andarsene, si sentiva fuori posto e forse era vero, quello non era più il suo mondo. La madre la portava a giocare a carte con le amiche, ci credereste? Merit, l'ammazza vampiri seduta ad un tavolo a giocare a canasta.

Un giorno la sorella le disse: «Merit, te lo dico senza girarci intorno troppo: vorrei avere le chiavi della baita in Canada, voglio trasferirmi per stare con Alex.»

La reazione di Merit fu la stessa che se le avesse chiesto un vestito in prestito, sembrava non rendersi conto di nulla, la sua vita procedeva per inerzia. Bonnie se ne andò e lei rimase sola, la madre non c'era mai ed il padre non parlava, sempre con qualcosa in da leggere o qualche attrezzo per lavoretti.

Passarono quattro mesi, lei Merit era dimagrita, non trovava lavoro e passava molto tempo camminando sulla spiaggia pensando a William. William e gli altri che di lì a poco sarebbero partiti per altri paesi. Era tanta la voglia di vederlo, dirgli che le dispiaceva per come si era comportata, che quel bacio maledetto con Uber era involontario spinta da una forza magnetica più grande di lei. Certo, era molto bello, innegabile, ma l'amore è tutt'altra cosa.

Un giorno, rientrando a casa:

«Merit, c'è posta per te», disse la madre porgendole una busta. L'aprì e dentro trovò un biglietto aereo per il Canada. Era arrivato il compleanno di Bonnie e lei se l'era completamente dimenticato. Ma le fece piacere, aveva voglia di vedere la sorella.

Con i pochi soldi che le erano rimasti, voleva comprare un regalino a Bonnie, non poteva certo presentarsi a mani vuote. Sapeva che a circa mezzo chilometro da lì c'era un negozio di abbigliamento vintage con sconti interessanti. Pensava al viaggio e al fatto che ora Bonnie viveva con Alex. Di sicuro non si sarebbe fermata più di tre giorni, come recita il proverbio.

Mise quattro cose in una borsa, dedicò del tempo cercando di sistemarsi a dovere (si era trascurata un po' negli ultimi tempi), si mise per il viaggio una camicetta bianca abbastanza scollata per far risaltare l'abbronzatura.

Poi il viaggio.

All'aeroporto, in Canada, la sorella e Alex la stavano aspettando. Fu Alex che per primo l'abbracciò sussurrandole all'orecchio: «Non sei arrabbiata con me, vero?»

«Ma no, hai solo fatto quello che dovevi, la colpa è stata tutta mia.»

Abbracciò quindi la sorella e sembrava non volesse staccarsi mai.

Arrivarono alla vecchia baita e Merit fu sorpresa nel vederla tutta cambiata: il giardino pieno di fiori (con lei c'erano solo erbacce), l'arredamento rinnovato, tende arancioni, divano più ampio, piante un po' ovunque, profumo di cibo. Insomma, una vera casa.

Bonnie la portò in camera, e anche lì era diverso, bellissimo.

«Ti ho portato un regalino, e questa busta, tempo fa me la regalò Melody.» Curiosa, sbirciò dentro.

«Oh cavolo! E questo come si mette?»

«Non lo so, ma di sicuro servirà più a te che a me», rispose con una punta di tristezza.

«Vieni Merit, ti preparo qualcosa di bere», disse Alex «Ora sto dando una mano al bar di William.»

«Come sta?»

«In principio non tanto bene, adesso un po' meglio, ma raccontami di te.»

Merit stava per raccontare della sua noiosissima vita, quando bussarono alla porta. Andò Alex ad aprire, e William varcò la soglia.

Il cuore di Merit si fermò, era bellissimo, vestito di nero con i capelli più lunghi tirati indietro e raccolti in una coda. In mano un mazzo di fiori.

«Bonnie, questo è per te, non sapevo cosa comprarti.»

«Ciao, ti trovo in forma», continuò rivolgendosi a Merit.

Le gambe tremavano tanto che quasi faceva fatica a stare in piedi. Un profumo di fiore di cotone era inebriante. Sentiva lo sguardo su di lei, ma teneva gli occhi bassi, non riusciva a guardarlo, troppa vergogna.

«Vieni Alex, andiamo a comprare una torta per il mio compleanno», disse Bonnie facendo l'occhiolino al suo ragazzo.

Così Merit e William restarono soli. Nessuno dei due riusciva a dire una parola, il silenzio era imbarazzante.

«Come stai?» Chiese improvvisamente William rompendo il ghiaccio. Fu come il colpo di pistola di uno starter, lei iniziò a vuotare l'anima, era la sua occasione.

«Mi manchi, non mi sono mai pentita per aver aperto la gabbia di Uber, ma il bacio non ha significato nulla. Mi dispiace, forse è come hai detto tu, lui mi ha fatto qualcosa e non sono riuscita a trattenermi. Da quel momento non c'è stato giorno in cui non mi sia pentita di questo, tu sai leggere la mente e quindi sai che sto dicendo la verità.»

«Lo so, ma quando ho visto il filmato, ero infuriato, fuori di me. Se ti avessi visto baciare un umano potevo anche capirlo, stare con un vampiro è difficile, magari vorresti dei figli che io non posso darti, ma con Uber è stato un brutto colpo per me, anche se non è un vampiro, è comunque un essere soprannaturale.»

«William, ti prego, cancellami la mente, cancella il ricordo di te, tu mi hai promesso che se un giorno ci fossimo lasciati, l'avresti fatto. Io non voglio più soffrire.»

«Se è questo quello che vuoi, lo farò, ma sappi che mi manchi da morire, ti amo troppo per perderti. Dopo di te non sono stato con nessun'altra. Voglio te, e se lo vuoi possiamo ricominciare da zero.»

A Merit brillavano gli occhi e alcune lacrime iniziavano a solcare le guance.

«Vuoi perdonarmi? Perché anch'io ti amo, non ho mai smesso.» William la prese per mano tirandola a sé, e si baciarono con l'intensità della prima volta.

In quel momento entrarono Alex e Bonnie. Alex diede un colpo di tosse annunciando la loro presenza.

«Possiamo tornare più tardi, oppure non tornare più» disse sorridendo.

William tirò fuori la catena che aveva al collo, infilato c'era l'anello che una volta era al dito di Merit. Si inginocchiò di fronte a lei e disse: «Merit, vuoi essere la mia fidanzata? Di nuovo?»

«Certo che lo voglio, mio bel principe, ti amo tanto», e lo abbracciò con non aveva mai fatto.

Così mangiarono la torta parlando serenamente del più e del meno. Bonnie chiese infine alla sorella quanti giorni intendesse fermarsi e, quando Merit rispose che non sarebbe rimasta più di tre giorni, William disse: «Tu scherzi, non se ne parla nemmeno, verrai al castello e vivrai lì, dopo tutto questo non posso lasciarti andare via.»

«Penso sia la soluzione migliore, qui non possiamo dormire tre in un letto e il divano è duro. E poi, giro sempre nudo per casa, sarebbe imbarazzante», intervenne Alex con un sorriso da orecchia a orecchia.

Merit non aspettava altro. Corse a prendere la sua roba e disse: «Andiamo, che aspetti?»

Prima che uscissero di casa, Bonnie chiamò la sorella e, quando le si avvicinò, lei le restituì la borsa di carta e le sussurrò: «Mi sa che questo, adesso, servirà più a te.»

Salirono in auto e si diressero al castello.

«Ho tre ragazzi nuovi da allenare ed ho bisogno di te. I ribelli hanno ricominciato a farsi vivi», disse William. Poi abbassò lo sguardo e notò la borsa di carta.

«Che cos'è quella?.»

«Qualcosa che Melody mi ha regalato tempo fa, forse questa sera saprò cosa farci» disse con sorriso birichino.

Arrivati al castello, William volle portarla in braccio nel suo appartamento. Che bello essere di nuovo a *casa*.

Tornò quindi alla sua vita di prima, con la differenza che ora abitava al castello. D'altra parte, la baita era occupata dalla sorella e da un uomo con il vizio di girare nudo per casa. Sarebbe stata una situazione insostenibile.

Un giorno, sistemando tutti i suoi nuovi che aveva acquistato grazie alla carta di credito che William le aveva regalato (un po' come in Pretty Woman), le capitò tra le mani la sua borsetta da sera. Si ricordò che dentro c'era l'orologio del nonno. Aprì e lo provò ancora lì, avvolto nella carta. Lo prese e vide che c'era un minuscolo biglietto arrotolato che allora le era sfuggito.

Al di là del fiume ci sono tre alberi affiancati, avanti un chilometro, a destra c'è una grotta nascosta dietro dei cespugli.

È la casa di Uber, pensò, credo di esserci passata davanti un sacco di volte. Poi rimise a posto l'orologio.

A Merit mancavano i suoi vecchi colleghi e avrebbe voluto vederli. Lo confidò a William e lui disse che poteva benissimo invitarli al castello, avrebbe fatto preparare qualcosa da mangiare. E così, quando Merit telefonò all'ospedale per invitarli tutti, la proposta venne accettata con grande gioia.

La sera stessa erano tutti lì.

«William, il castello è bellissimo. E pensare che gira la voce che sia del conte Dracula in persona. Certo che la gente si inventa proprio di tutto», disse Siria. William non disse niente e si limitò a sorridere.

«E così Merit, vivendo al castello, non avrai più interesse a lavorare in ospedale in mezzo a noi poveri *mortali*», intervenne Abishar.

«Per adesso no, anche perché, tra qualche mese, abbiamo in programma di fare il giro del mondo», mentì, anche se solo in parte. Andare sarebbero andati, ma in Alaska.

Quando se ne andarono, William chiese se andava tutto bene e Merit rispose che non poteva essere più felice di così.

Era notte fonda e Merit, seduta nel giardino pensava all'azione ed all'adrenalina che le mancavano. Così prese una decisione ed andò da William che era ancora nel suo ufficio.

«Senti, che ne pensi se vado nella foresta in perlustrazione? Mi sto annoiando» chiese decisa.

«Va bene, ma porta con te i tre ragazzi nuovi.»

E così fece. Si inoltrarono nella foresta fino a quando, a circa dieci chilometri di cammino, si imbatterono in una capanna, le luci erano accese. Si avvicinarono silenziosamente restando bassi e guardarono da una finestra. «Penso che ci troviamo nel posto giusto, dentro c'è del movimento sospetto», disse uno degli allievi.

«Entriamo!» ordinò Merit dando un poderoso calcio alla porta. All'interno cinque vampiri stavano festeggiando, mentre due umani erano legati in un angolo.

Iniziò un violento combattimento. Dopo poco prevalse la superiorità dei ribelli nei confronti di due allievi che non ebbero la forza necessaria per sopravvivere. Merit reagì invece prontamente lanciando un coltello dritto nel cuore di uno dei nemici. Ne mancavano quattro, ma come un fulmine la ragazza estrasse la pistola e fece fuoco, ne mancavano ancora tre.

Damon, l'allievo rimasto, riuscì ad avere la meglio su uno dei tre ancora vivi (era molto forte quel ragazzo). Gli ultimo due, per la ragazza ed il suo allievo fu un gioco da ragazzi.

La minaccia era quindi cancellata. Merit andò subito a controllare lo stato degli umani, constatando che uno di loro era morto, e l'altro aveva ferite molto gravi, non ce l'avrebbe fatta a tornare al castello, né tantomeno all'ospedale. Doveva prendere in fretta una decisione, poi disse:

«Damon, trasformalo in vampiro, non c'è tempo per fare altro e questo è l'unico modo per salvarlo.» Damon non voleva, non se la sentiva.

«Ascoltami bene, dobbiamo dargli un'altra vita. Io non posso farlo.»

Merit chiamò il castello e, dopo un po' arrivarono i soccorsi con William. Lei era triste per la morte dei due ragazzi, era la prima volta che perdeva uomini sul campo in quel modo, e si sentiva tremendamente in colpa.

«Merit, hai presso la decisione giusta, è mia la colpa, quei ragazzi non erano ancora pronti e li ho mandati ugualmente in combattimento. Damon è più forti, dedicati a lui con gli allenamenti d'ora in poi. Ora torniamo, hai bisogno di riposo.»

«Sei troppo buono con me.»

«Io ti amo troppo, sei incredibile, ti comporti come un vampiro, e pensi anche come uno di noi. Non ho mai conosciuto un'umana come te in tutti i miei duecento anni.»

«Tua moglie come era?»

«Era diverso a quei tempi, eravamo tutti e due umani. Se ora fosse viva non combatterebbe, era forte ed allo stesso tempo delicata come una rosa», rispose con un evidente nodo alla gola, «Adesso sono stanco, e lo sei anche tu.»

A William faceva male parlare della moglie, l'amava molto e anche ora quell'amore non era svanito.

Dopo quello sfortunato episodio, la vita continuò come sempre: i ragazzi di una volta non vivevano più con noi, avevano le loro case. Anche l'umano appena trasformato era con loro. E così restarono in pochi alla fine.

Una sera, Merit si ritrovò praticamente sola, William era in riunione e ne avrebbe avuto sicuramente fino all'alba. Aveva un po' di appetito ed aprì il frigorifero. Era pieno di verdura e cibo appositamente preparato per lei. Che gran cosa, quando abitava da sola aveva solo surgelati.

Guardò dalla finestra, le stelle brillavano nitide, stupende sullo sfondo dell'oscurità. Poi andò in camera sua, si mise la camicia da notte e si sistemò su una poltrona in compagnia di un buon libro.

Improvvisamente sentì un forte rumore provenire da fuori, come un grosso animale. Si affacciò alla finestra e fu investita da una gradevole brezza notturna. Si guardò intorno cercando di trovare la fonte di quel rumore, ma non vide nulla. Poi, su un albero vide muoversi qualcosa, guardò meglio e riuscì a distinguere un uccello gigantesco con le ali bianche. Uber? Sì, era proprio lui che sembrava le facesse dei gesti come per invitarla a raggiungerlo.

Ancora una volta fu spinta dal desiderio di correre in giardino, per poi imboccare il sentiero che si inoltrava nella foresta. Si ricordò di una telecamera che Alex aveva piazzato anche all'esterno. Non ci mise molto a trovarla e a spegnerla e dirigersi verso l'albero. Non si era nemmeno vestita.

«Mi sei mancata, Merit.» Uber aveva il area di essere posseduto da demoni, con capelli lunghi arruffati, ma in modo decisamente sexy, vestito di bianco, come le sue ali.

«Sei cambiato, ti sono cresciute le ali, non le avevo mai viste. Ma che fai qui? Lo sai che sto rischiando la pelle, vero?»

«Se quel coglione del tuo fidanzato, ti fa qualcosa, io lo ammazzo! A proposito, Come va la tua vita da principessa al castello?»

«Smettila, nella mia casa stavo benissimo, ma ora ci abita mia sorella con il suo ragazzo, quindi….»
«Tutte e due con vampiri eh? interessante. Aggrappati dietro che andiamo a fare un giro.» Merit non ci pensò due volte, si posizionò sulla schiena e gli mise le braccia intorno al collo.
«Reggiti, voglio farti vedere una cosa.»
Le ali si schiusero e in men che non si dica, stavano volando sopra la foresta. Per Merit fu una sensazione meravigliosa mai provata.

Uber atterrò davanti alla grotta citata sul bigliettino allegato all'orologio. «Vieni nella mia umile casa, voglio raccontarti qualcosa.» Entrarono. Pochi mobili, un divano ed un letto, nient'altro. Merit si sedette sul divano e lui vicino a lei.

«Inizio col presentarmi. I vampiri mi chiamano Uber, ma il mio vero nome è Lucifero. In cielo mi hanno tagliato le ali, la punizione per un qualcosa che ho fatto e, dal paradiso mi hanno mandato sulla Terra con l'unico scopo di fare del bene. E così ho fatto: mi sono preso cura di una ragazza vampiro appena trasformata, ed era per questo motivo che ti chiedevo le sacche di sangue. Poi anche di un piccolo orso i cui genitori furono ammazzati da cacciatori, ora vive in una fattoria. Ma la peggior punizione è stata quella di innamorarmi, ed il bacio ha fatto ricrescere le ali.»

«Scusa, io non….»
«Merit, sono io il colpevole. Sapendo di non essere ricambiato… Tu sarai molto felice con lui, e questo lo so per certo perché sono un angelo. Adesso ti riporto al castello, non voglio che si preoccupino per te. Senza contare il fatto che sei in camicia da notte a casa di un uomo.»

Tornarono al castello e Merit, prima di rientrare, chiese: «E adesso, resterai?»

«Sto aspettando che vengano a prendermi per tornare in paradiso, non ti vedrò mai più, e non ti dimenticherò. Quando guarderai le stelle, ce ne sarà una che cambierà colore, Quello sarò io, e veglierò sempre su di te.» Con gli occhi pieni di lacrime si alzò in punta di piedi e lo baciò.

«Anch'io non ti dimenticherò mai» e rientrò al castello, sconvolta e senza scordarsi di riaccendere la telecamera. All'interno quasi si scontrò con Aron.

«Merit, che stai facendo in giro a questa ora?»

«Non riuscivo a chiudere occhio, così sono andata in giardino, è una bella serata non trovi?»

Aron la guardò per un tempo maggiore del necessario, sospettoso. Ufficialmente Merit l'aveva scampata. Tornò in camera, William era ancora in riunione, così si mise al computer per una ricerca sugli angeli caduti.

La mattinata seguente, quando aprì gli occhi, trovò lo sguardo dorato del suo fidanzato, era nudo accanto a lei sopra le coperte, sembrava un'opera di Botticelli.

«Sei molta bella quando dormi, qualunque cosa tu stessi sognando, la tua espressione traspira pace e serenità.»

«Tu sei molto bello.»

Lo sguardo di Merit non lasciava dubbi su quelle che potevano essere intenzioni. Pochi minuti ed erano uno sopra l'altra, con un fuoco che bruciava le loro anime.

Al tramonto eravamo tutti pronti in divisa per una spedizione, una soffiata attendibile aveva segnalato movimenti sospetti a circa trecento chilometri. Merit chiamò la sua vecchia squadra ed insieme si recarono sul posto con un furgone che potesse contenere tutti i componenti. Arrivati sul posto c'era un capannone, di quelli che di solito si usano a scopo industriale. Tutti armati fino ai denti, cominciarono a muoversi lentamente verso la costruzione.

Lei e William erano dietro e fuori non c'era anima viva, nemmeno una guardia. Merit ebbe una brutta sensazione, ma forse non era nulla. In battaglia non era fidanzata con William, era una compagna come tutti gli altri che avevano giurato di proteggere il loro Maestro e principe. Per questo motivo Merit camminava davanti a lui.

Aron era rimasto furgone pronto ad una eventuale fuga. Quando furono davanti all'entrata, William diede il segnale di abbattere il portone. Ma al primo colpo, successe qualcosa di inaspettato: una luce accecante ed una violenta spinta scaraventò gli ultimi della fila a metri e metri di stanza. Un'enorme esplosione investì tutti, ma i primi ebbero la peggio. Merit, intontita, vide dei compagni, pezzi di compagni, scagliati in aria. Erano caduti in una trappola.

Si ritrovò a terra, non sentiva praticamente niente, le mancava il respiro. William, accanto, era seduto con la testa sulle ginocchia.

«Stai bene?» domandò Merit.

«No che non sto bene, abbiamo perso i nostri compagni, tutti morti, solo Alex si è salvato. È ferito, ma è vivo, sta bevendo del sangue per riprendersi. Avrei dovuto prevederlo. E tu come stai?»

«Nessuno poteva prevederlo», e rimasero abbracciati con la testa bassa.

«Dobbiamo andare» disse Aron. Sulla via del ritorno, nessuno si sentiva di dire una parola. Aveva perso la squadra che aveva allenato, quei ragazzi forti e meravigliosi che sempre la prendevano in giro. Non avrebbe mai cancellato quel ricordo, e nemmeno l'evento che tentò di distruggerlo.

Arriviamo al castello, William disse che voleva stare solo, così si inoltrò nella foresta. Merit invece salì in camera, dove scoppiò a piangere.

Il giorno seguente William non c'era e Merit chiese ad Aron se ne sapesse qualcosa. «Non preoccuparti, lui sta bene, in passato in situazioni simili, scompariva per settimane.» Rincuorata decise di andare da Bonnie per vedere come stava Alex. Quando arrivò, Bonnie le corse incontro e l'abbracciò, sembrava spaventata.

«Mi dispiace, Merit» disse la sorella quasi come un sussurro.

«Alex come sta?»

«Vieni Merit, sono sdraiato sul letto, non preoccuparti, sono vestito.» La voce di Alex proveniva dalla camera da letto. Merit entrò e vide il solito Alex, anche se un po' malconcio.

«Alex, cos'è successo là fuori?»

«Qualcuno ci ha tradito, ecco cos'è successo. Dov'è William?» rispose facendosi serio.

«Non lo so, è distrutto come tutti noi. Ha voluto stare solo ed è sparito. L'importante che voi due stiate bene, che farei senza la mia sorellina e senza Alex?»

«Merit, questa notte resta con Bonnie, io andrò a cercare William.»

Rimaste sole, Bonnie preparò qualcosa da mangiare alla sorella che mostrava di avere una fame da lupi. A tavola disse: «Merit, Alex mi ha detto di essere convinto che a tradire sia stato un ragazzo che lavora al bar di William. Di certo è andato a cercarlo.»

«Come diavolo ho fatto a non pensarci prima? Ora è chiaro: questo ragazzo, che da poco lavorava lì e ci ha mandato a morire, è un infiltrato dei ribelli» disse Merit infuriata.

«Sorella, ora mangia e dopo vai a riposare, domani starai meglio e saprai cosa fare.» Forse Bonnie aveva ragione, era troppo arrabbiata e non aveva la lucidità necessaria per prendere delle giuste decisioni. La notte porta consiglio.

Il giorno dopo però, nonostante fosse più lucida, era ancora molto arrabbiata e, non avendo ricambi con sé, si rimise la divisa del giorno prima.

Arrivò al castello, c'erano William e Alex.

«Merit, abbiamo catturato il traditore.»

«Dove l'avete portato? Voglio parlargli.»

«È di sotto, incatenato in gabbia», rispose William.

Scese nei sotterranei e lo vide, era lì, incatenato con catene a maglie d'argento che gli stavano bruciando la pelle. Sanguinava, Merit lo conosceva, più volte le aveva servito dei drink. Allora prese un coltello Bowie dalla cintura, aprì la gabbia infuriata e portò la lama a pochi millimetri dalla gola del ribelle.

«Dimmi perché l'hai fatto?» gridò Merit.

«Forse con te parlerò, William vuole uccidermi, tu promettimi che non mi farai del male.»

«Io non ti prometto proprio un cazzo. Dimmi perché ci hai tradito», e affondò la lama un po' nella carne.

«Mi hanno pagato, tanti soldi. Dovevo solo farmi assumere e al momento giusto raccontare del capannone inventando che dei ribelli tenevano in ostaggio degli umani.»

«Chi ti ha pagato? Voglio un nome!» Spinse il coltello un po' più in fondo.

«Si chiama Railer, abita a dieci chilometri da qui, una casa gialla. Adesso lasciami andare, ti ho detto tutto. Merit lo guardò fisso negli occhi e con una freddezza mai vista, estrasse il coltello lentamente dalla gola, ma con la stessa lentezza lo puntò al cuore.

«Questo è per i miei amici, bastardo!» Ed affondò, con tutta la forza e la rabbia che aveva, la lama nel petto fino alla guardia.

«Questa è la mia ragazza» disse William ad Alex che avevano assistito a tutta la scena.

«Abbiamo un nome, questa sera si va a caccia!» disse Merit. E la cosa non era discutibile.

Quella sera erano veramente in pochi: Aron, Logan, Alex, William e Merit. Non sapevano quanti vampiri avrebbero trovato, sicuramente più numerosi di loro. Contavano molto sulla loro determinazione. Prima di partire, William si rivolse alla sua fidanzata: «Merit, si non ce la faremo, sappi che ti amo più di ogni cosa» e lo disse con le lacrime agli occhi.

«Anch'io ti amo, sei tutto per me.»

Aron guidava, nessuno diceva niente. Fu William a parlare: «Ragazzi, Railer è mio!.»

La casa gialla era ormai in vista. William si girò verso i compagni: «Buona fortuna, l'attacco è imminente.»

Si avvicinarono a fari spenti e si fermarono poco distanti. Fuori dalla casa cerano sei vampiri che stavano aspettando non si sa cosa. Questa volta William era in testa alla squadra, con la sua katana lucente e pronta a sporcarsi di sangue. Merit aveva in mano dei coltelli da lancio. Arrivarono alla casa e il Maestro si fece strada uccidendo chiunque gli capitasse. Anche Merit scagliò i coltelli che andarono a segno.

Sgomberato l'esterno della casa, William buttò giù la porta ed entrò. Gli altri lottavano all'esterno, i ribelli spuntavano da tutte le parti. Mamma mia quanti sono, pensò Merit, non ce la faremo mai. Era ferita ad un braccio, il sangue colava caldo e loro ne sentivano l'odore, le erano addosso in molti. Tirò fuori l'automatica ed iniziò a dispensare proiettili d'argento, ma alcuni non ebbero il minimo effetto. È la fine. Anche Aron e Logan erano feriti ed aveva la pistola era ormai scarica. Prese la spada ed iniziò con quella, ma era chiaro che non avrebbe potuto farcela. Un vampiro la raggiunse al collo e la morse. Alex fece appena in tempo a scollarglielo di dosso sbarazzandosene. Aveva anche una ferita alla gamba che bruciava come se un ferro arroventato cercasse di marchiarla. Erano ancora troppi.

Improvvisamente William uscì dalla casa. In mano aveva la testa mozzata di Railer, la sollevò: «Ascoltami tutti! Come potete vedere, Railer è morto. Ma voglio darvi una possibilità: venite con me al castello Grey, avrete vitto e alloggio e combatterete per me. Oppure andatevene.»

In quindici si inginocchiarono al principe e all'unisono: «Siamo con voi, Maestro» e giurarono fedeltà, mentre gli altri corsero via.

Logan curò temporaneamente le ferite e poi salirono, insieme ai nuovi reclutati, sul furgone per far rientro al castello. William ci aveva salvato la vita. «Merit, tu puzzi da morire, e pensa che sono seduto dietro» disse Alex rompendo la tensione.

«Sono due giorni che non mi lavo, ho i vestiti di ieri, sangue addosso, e...», Merit guardò William imbarazzata.

«Si, Alex ha ragione», disse annusando l'aria, e facendo ridere tutti. Poi aggiunse: «Ragazzi, prima però ci fermiamo al bar.» E così fecero, William aprì una bottiglia di champagne.

«Brindiamo a noi che siamo vivi, e per i nostri ragazzi che non ce l'hanno fatta .»

I ragazzi nuovi vennero sistemati in una casa vicino al castello, William ancora non si fidava di loro. Il loro allenamento lo facevano con William e Aron era sempre presente. Erano abbastanza bravi con il corpo a corpo.

Anche Merit non si fidava di loro, era presto per quello.

UNDICESIMA PARTE

Merit avrebbe voluto tornare a trovare i genitori e questa volta con spirito diverso. Voleva andarci con Bonnie e godersi finalmente mare, sole, divertimento, ma soprattutto il calore della sua famiglia.

Si accordò con Alex per farsi sostituire agli allenamenti e comunicò alla sorella le sue intenzioni. Lei ne fu felicissima.

Dopo aver sistemato alcune cose, finalmente partirono per la Florida. All'aeroporto c'erano entrambi i genitori visibilmente felici per questa riunione familiare. A casa Merit trovò Felis – l'aveva trasportato in aereo nell'ultimo viaggio – che, leggermente ingrassato, straordinariamente le andò incontro strofinandosi sulle sue gambe.

Le sorelle si adattarono immediatamente, con passeggiate sulla spiaggia, pranzetti a base di pesce fresco, con sieste sotto il sole e la sera in locali del posto dove conoscevano quasi tutti. Erano sempre insieme e Merit si rese conto di essere sempre più legata a Bonnie.

Le raccontò di Lucifero (Uber)

«Sapevo che aveva una cotta per te. Quando mi sono traferita a vivere con Alex, lui è venuto a casa chiedendo di te e c'era rimasto molto male quando gli ho detto che ti eri trasferita al castello. Il mio consiglio è di non pensarci più, acqua passata.»

Bonnie aveva ragione, quella pagina del mio libro andava strappata e riposta nel cassetto.

Le cose andavano bene, tranne che per una piccola cosa che Merit non riusciva ad accettare. Oltre che con la sorella, il forte legame c'era anche con la madre, ma con il padre, c'era qualcosa che non capiva fino in fondo. Con Bonnie, lui parlava, scherzava e a volte imbastivano anche delle lunghe conversazioni. Con Merit invece niente anzi, sembrava quasi che la evitasse.

Così un giorno prese di petto la situazione e, trovandolo solo, lo affrontò.

«Papà, posso parlarti?» il padre non rispose, si limitò a guardarla, così Merit non aspettò la risposta e si sedette di fronte a lui.

«Voglio sapere perché mi tratti in questo modo, sembra che tu non mi voglia. Sei per caso arrabbiato con me? Ho fatto qualcosa? Voglio sapere la verità.»

«Merit, non è vero che non ti voglio, ti ho cresciuto e mi sono sempre preso cura ti te, ma non ti nascondo di essere un po' più legato a Bonnie. Tu sei diversa, come... be', dovrebbe essere tua madre a parlartene.» In quel momento entrò la madre che aveva sentito tutto.

«Merit cara, ci sono cose che tu non sai, e questo è il momento per dirtelo. Prima o poi lo scopriresti, quindi tanto vale che tu lo sappia ora. Tuo padre non è la persona che conosci», Merit la interruppe, si stava agitando: «Che vuoi dire?»

«Ti racconto una storia: quando frequentavo la facoltà di medicina, conobbi un ragazzo, bellissimo, Francis. Dopo un po' di tempo insieme rimasi incinta e lui, dopo averlo saputo, purtroppo mi lasciò. La scusa fu che era diverso, non era normale, che sarebbe nato un mostro, che dovevo abortire, che era un mezzo sangue, bla, bla, bla. Al momento pensai che era solo uno stronzo codardo come tanti. Fatto sta che dovetti lasciare gli studi.»

«Spiegati meglio, mamma.»

«Diceva che era metà umano e metà vampiro. Non gli ho mai creduto e lo cancellai dalla mia vita. Non lo vidi più.» Fece una breve pausa, poi continuò: «La gravidanza procedeva bene e quando fu a tre mesi, mi sposai con il mio vicino di casa con il quale nacque un grande amore. Due anni dopo nacque Bonnie.»

Anche la sorella si unì al racconto.

«Fammi capire papà, tu non mi vuoi perché non sono tua figlia, oppure perché sono un mostro?» Domandò Merit.

«No, ti sbagli, non sei un mostro, sei umana come tutti noi, solo un po' diversa.»

«Dovrai spiegarti molto meglio di così.»

«Sei una ragazza forte, molto più della media. Quando eri piccola riuscivi a sollevare pesi che nessuno a quell'età era in grado di sollevare, giocavi con spade di legno, picchiavi altri ragazzi che ti prendevano in giro scagliandoli contro il muro. Dio solo sa quante volte sono stato chiamato a scuola. Così, tua madre ed io abbiamo deciso di farti frequentare una ferrea disciplina, il karate. Dopo solo un anno eri cintura nera. Tuo nonno e suo padre combattevano i vampiri.» Merit e Bonnie si guardarono complici «Non ho mai creduto a queste cosa, fino a quando tua madre non mi raccontò di suo padre.»

Fece una pausa, poi continuò: «Quando ho conosciuto il tuo ragazzo, il giorno del tuo compleanno, non mi è piaciuto per niente. Assomigliava al tuo padre biologico, pallido e quella sera non ha mangiato niente. Dimmi la verità Merit, lui è un vampiro?»

Come a poker, era arrivato il momento di scoprire le carte.

«Sì, lo è, ci amiamo alla follia, e viviamo insieme nel suo castello, come quello del conte Dracula.»

Poi intervenne Bonnie: «Anche il mio ragazzo, Alex, è un vampiro.»

Ormai la frittata era fatta ed il padre sembrava nel panico.

«Ma voi non vi rendete conto, sono dei mostri: vi fanno innamorare per lasciarvi. Non posso crederci, e tu, Bonnie, ti credevo più sveglia! Non voglio vedere nessuna di voi», si alzò di scatto ed uscì dalla stanza sbattendo la porta.

Bonnie scoppiò a piangere e Merit era sconvolta, poi chiese: «Mamma, dove posso trovare il mio vero padre?» La madre rispose che anni prima una sua amica l'aveva visto in un ospedale, era un medico, e per nulla cambiato, giovane e bello.

Una cosa era certa: non poteva più rimanere in quella casa dove non era desiderata, e di conseguenze, dopo le ultime rivelazioni, anche la sorella era bene o male nella stessa situazione. Così prepararono le valige e con Felis al seguito nel suo trasportino, si prepararono a partire.

La madre non sapeva che dire se non scusarsi per non aver detto la verità, ma voleva proteggerla e che Merit questo non lo capiva.

«Merit, devi di capire che la sua famiglia odiava I vampiri, loro li cacciavano.»

«Mamma, anch'io sono una cacciatrice come loro, combatto contro i vampiri che ammazzano gli umani. Ce ne sono altri come il mio fidanzato e quello di Bonnie. Sono persone come noi.»

«Non posso dirti cosa fare o cosa pensare, ma una cosa te la voglio dire: il tuo vero padre era una persona meravigliosa, ed io ero molto innamorata come lo sei tu ora. Spero che un giorno tu riesca a trovarlo, magari il tuo fidanzato lo conosce, chissà» e l'abbracciò. Il viaggio in aereo fu tranquilli, ma soprattutto silenzioso. No parlarono, un turbinio di pensieri per le loro teste.

All'atterraggio trovarono Alex e William ad attenderle. A Bonnie si illuminò il viso e corse letteralmente in braccio ad Alex, Mentre Merit si limitò ad un semplice bacio (l'umore non era dei migliori).

«Che muso lungo, è forse morto qualcuno?» chiese William.

«Si, mio padre.»

«Lasciala perdere», intervenne Bonnie.

Arrivati al castello, Merit disse che voleva stare sola e corse in camera, si buttò sul letto ed iniziò a piangere. William la lasciò in pace, sarebbe uscita quando fosse stata pronta.

Il giorno dopo sembrava si sentisse meglio. William non le chiese nulla lasciandole il tempo necessario per metabolizzare qualunque cosa avesse. La sera fu Merit a fare il primo passo, andò in salotto, c'erano William e Aron.

«Avrei bisogno di parlare con voi due» disse ottenendo la loro completa attenzione.

«Ho scoperto che mio padre, il mio *vero* padre, non è la persona che mi ha cresciuto e che sono figlia di un mezzo vampiro» fece una pausa guardandoli negli occhi cercando di scorgere qualcosa, ma anche loro si guardarono l'un l'altro.

«Non è che, per caso, lo conoscete?» Questa domanda a bruciapelo li lasciò un po' perplesso. Poi fu Aron a parlare.

«Tanti anni fa conobbi un mezzo sangue, unico al mondo. Lo trovai per caso e da allora iniziammo una grande amicizia. Mi raccontò del suo grande amore: una ragazza che, dopo essere rimasta incinta, dovette lasciarla, i vampiri gli davano la caccia e non voleva metterla in pericolo. A lui causò una grande sofferenza, l'amava moltissimo. Mi chiese di trasformarlo, e la ragazza non la vide mai più.»

«Deve essere lui, l'unica cosa che so è che si chiamava Francis.»

Intervenne William dopo che scambiò uno sguardo con Aron.

. «Merit, amore mio, ma anche tu lo conosci, è Logan, Francis Logan.»

«Il dottor Logan?! Lo stesso con cui ho lavorato? Lo stesso con cui ho combattuto fianco a fianco? Non può essere, avrà solo un tre anni più di me.»

«Già, la stessa età che aveva quando l'ho trasformato, sai bene come funziona.»

«Penso che debba sapere che sei sua figlia», continuò Aron.

«Parlerò io con lui, facciamolo venire ora» disse William.

Merit era agitata, chissà come avrebbe reagito alla notizia: una figlia di ventisei anni che non sapeva di avere. Una figlia che senza saperlo gli era stata a fianco da tempo.

Una ora più tardi arrivò al castello, bello come sempre, pallido ed elegante. Mamma aveva ragione. «William, grazie, ma vorrei parlarci io» disse Merit. Toccava a lei affrontare un argomento tanto delicato. Così, dopo aver trovato il coraggio, iniziò a raccontargli tutto quanto le aveva raccontato la madre, parola per parola.

Quando finì ci fu un interminabile momento di imbarazzante silenzio, Logan sembrava paralizzato e Merit lo guardava come per dire *dimmi qualcosa per l'amor di Dio.*

«Merit, sei mia figlia!!» e l'abbracciò, lei si mise a piangere.

«Come sta Margaret? Io l'amavo molto, allora avevo tanta paura di come potesse essere il bambino che aveva in grembo. Scusami Merit, l'ho cercata, ma mi avevano detto che si era sposata.»

«Dobbiamo festeggiare», disse William.

Merit fece un selfie con Logan e lo inviò alla madre che rispose *è sempre bello come allora, io invece sono piena di rughe.*

«Come dovrei chiamarti adesso? Di sicuro non dottor Logan.»

«Chiamami come vuoi: papà, Francis, Logan. Incredibile, abbiamo lavorato nello stesso ospedale senza sapere niente.»

«Pensare che volevo fare il medico anch'io.»

Brutta scelta di parole, senza quasi lasciarla finire, Logan disse che dovevo assolutamente continuare gli studi. Mi avrebbe procurato tutti i libri necessari.

In quel momento la felicità regnava sovrana, e lo champagne non veniva sprecato. Improvvisamente arrivò Alex: «Merit, Bonnie è giù di morale, che cosa è successo in casa dai tuoi?»

«Mio padre non vuole che frequentiamo ragazzi vampiri, quantomeno non Bonnie»

«Io invece sì, Merit, mi piace la cosa, e mi piace anche mio genero e amico» s'intromise Logan.

«Mi sono forse perso qualcosa, o siete strafatti» disse Alex.

«Alex, ti presento mia figlia Merit.»

«Ma quanto avete bevuto?»

Si misero tutti a ridere, ma poi William gli raccontò del padre ritrovato.

La mattinata seguente, Merit chiamò a casa dei suoi, rispose il padre, d'altra parte il padre è chi ti cresce e non chi ti ha solo concepito. Ma era comunque una parola che diceva malvolentieri.

«Ciao papà, ho chiamato solo perché vorrei che chiamassi Bonnie. Soffre molto per come l'hai trattata. Vorrei che faceste la pace, è molto importante e poi, sappi che è molto felice con un vampiro in gamba come Alex, sono sicura che se lo conoscessi cambieresti idea. Non giudicare prima di conoscere ogni cosa. Per quanto riguarda me non preoccuparti, ho trovato quello che cercavo. Ti voglio bene.»

«Merit...» disse il padre, ma ormai aveva riagganciato.

Il tempo passava e Merit era felice, si iscrisse alla facoltà di medicina e finalmente poteva diventare quello che aveva sempre desiderato. Aveva tempo a sufficienza per studiare.

Pensò anche di raccontare tutto al mio angelo custode. Così entrò nella foresta cercando la grotta. La trovò facilmente, entrò, ma non c'era nessuno. Vide una busta sopra il suo nome. L'aprì e dentro trovò un biglietto con l'immagine di un angelo ed una medaglia. Lesse:

Ciao Merit. Quando leggerai questo, vorrà dire che sono in paradiso. Questa medaglia portala sempre con te, ti proteggerà dal mondo cattivo. Prenditi cura di te.

Lucifero.

Nella grotta era rimasto il suo odore di gelsomino. Merit si sedette sul divano. Una grande pace regnava e a lei sembrò di essere in una chiesa. Poi si addormentò.

Quando si svegliò era ormai notte inoltrata. Accidenti quanto è tardi, pensò. Si mise la medaglia in tasca ed uscì di corsa. Ma un qualcosa più forte di lei la spinse a guardare in alto. Il cielo era pieno di stelle e solo una cambiava colore, passava dal rosa al lilla. Merit continuò a guardarla per un po', e poi: *Ciao, Lucifero*, e corse via.

Arrivò al castello. «Merit, eravamo tutti preoccupati per te, dov'eri finita?» Chiese William, e questa volta fu costretta a dire la verità, o quasi. «Scusami, quando sono uscita dalla facoltà, voleva fare una passeggiata nella foresta e non mi sono resa conto del tempo che passava.»

Se l'era bevuta?

Logan, da quando seppe di avere una figlia, passava quasi tutto il tempo al castello. Portava libri, l'aiutava a studiare, a volte le preparava la cena. William, notò Merit, era un pochino geloso, riteneva di avere meno attenzioni.

Logan volle invitare Merit a cena, lo scopo era di presentarla ufficialmente alla moglie Cristin (già gliene aveva parlato). Accettò di buon grado, si fece elegante e disse a William che sarebbe tornata presto. Partirono, lei e Logan, per passare a prendere Cristin a casa. Quando arrivarono, lei li stava aspettando. La casa era bellissima, molto elegante in stile francese.

«Benvenuta in famiglia, per me sarai come una figlia» disse Cristin. Merit sapeva che era una donna in gamba, lo dimostrò tempo prima quando le consegnò le sacche di sangue senza fare domande, pur sapendo che non erano per lei. Purtroppo quella sera Cristin non poté unirsi a loro, un turno in ospedale glielo impediva. Così era solo loro due.

Arrivarono in un ristorante molto elegante. Entrano a braccetto e si sedettero ad un tavolo decentrato uno di fronte all'altra. Merit gli raccontò della sua infanzia, come passava le giornate, raccontò anche di alcuni aneddoti divertenti. Mentre lei mangiava, lui con un calice di vino bianco in mano, l'ascoltava attentamente senza perdere una sola parola. Poi lui le chiese di sua madre ed ascoltando gli si inumidirono gli occhi.

Ci fu una piccola pausa e Logan approfittò per togliere dalla tasca un piccolo astuccio, e lo porse a Merit. Dentro c'erano orecchini di brillanti.

«Non dovevi, ti saranno costati una fortuna.»

«È poca cosa se consideri tutto il tempo perso.»

Un messaggio arrivò sul cellulare di Merit: *Non posso crederci, tu con il dottore, raggiungimi in bagno.* Merit si guardò intorno, ma non vide nessuno che conosceva, così andò in bagno. C'era Siria.

«Ciao Merit, e così sei l'amante del dottor Logan»

«Gesù no!!, ma che dici?» Non poteva certo dirle che era suo padre.

«Ti ho visto, Merit, lui ti ha regalato anche qualcosa.»

«Siria, ascoltami, lui è solo un amico, mi ha fatto un regalo per un favore che gli ho fatto in passato, io amo William e tu lo sai. William sa che siamo qui e se non ci credi chiamalo.»

«Scusa Merit, non sapevo che voi due foste tanto amici.»

«No preoccuparti, l'apparenza a volte inganna. Ora scusami ma devo tornare.»

Tornò al tavolo, ma non era più dello stesso umore di prima, quindi chiese a Logan se potevano andare.

«È successo qualcosa?»

«No, no va tutto bene, ma vorrei andarmene.»

Logan non indagò oltre. La notte però era ancora giovane, perciò andarono al Luna Park. Sulle giostre sembravano due bambini e al tiro a segno, Merit vinse un bellissimo orsacchiotto. Una serata stupenda.

Alla fine rientrarono al castello e Logan l'accompagnò davanti al portone.

«Grazie Francis, mi sono molto divertita.»

«Anch'io, e sono felice di averti ritrovato», al momento di andarsene, Merit gli diede un bacio sulla guancia.

William la stava aspettando con il broncio. Merit se ne accorse immediatamente e gli gettò le braccia al collo, lo baciò e chiese: «Ehi, che ti succede?»

«Sono nuovi quegli orecchini?»

«Certo, me li ha regalati questa sera, non sono fantastici? Ma non sarai mica geloso di mio padre, vero?»

«Ovviamente no» rispose con un sorriso a denti stretti.

«Perfetto, andiamo a dormire.»

Merit aveva una gran voglia di godersi il suo vampiro personale, il castello ormai era affollato. Logan era sempre lì, a volte con la moglie, Alex veniva tutti i giorni ad allenare i ragazzi e Aron sempre *tra i piedi.*

Così propose a William di evadere qualche giorno, fuori città, lontano, e la cosa fu accolta con entusiasmo. Bene, portò Felis dalla sorella, il gatto conosceva la casa e lei fu felice di avere un animale in casa. Presero un tè e Merit le confidò che il motivo era di voler vedere altri posti, scappare dalla città, tanto tra non molto sarebbero comunque dovuti andarsene.

Andarono in Alaska. La casa che avrebbe ospitato tutti loro tra non molto, era situata alla fine di uno stupendo viale alberato, lontano dalla città più vicina e lontano soprattutto da occhi indiscreti. Non era un castello, ma con i suoi tre piani era abbastanza grande per ospitare tutti loro. La loro stanza era molto grande, con camino a legna e una vasca jacuzzi, fantastico. Nella dependance viveva una coppia, ma secondo William in casa non c'erano mai. L'ultimo piano sarebbe stato per Aron e la casa vicina per Logan e Cristin.

«Merit, questa sera ti porto in discoteca, in pieno centro. Qui è molto conosciuta, ci divertiremo un sacco. Ho anche un appuntamento con un tizio, per affari. Al ritorno ti prometto che faremo un bagno nella jacuzzi.»

Quella sera indossò un vestito corto color cipria e stivali fino alle ginocchia. Si stava guardando allo specchio controllando che fosse tutto a posto, quando sentì il profumo del suo fidanzato alle spalle. Si voltò. Non si sarebbe mai abituata a lui. Giacca in pelle nera, pantaloni abbinati e attillati (stretti abbastanza da evidenziare i suoi gioielli), capelli pettinati indietro e l'ombra di un sorriso.

«Sei molto sexy, William Grey» disse lei con malizia.

«Anche tu sei niente male, e se non fosse che siamo in ritardo....»

Uscirono, a malincuore.

La città era molto movimentata, parcheggiarono vicino alla discoteca dove una lunga coda di gente aspettava il proprio turno per entrare.

«Dobbiamo aspettare», disse William, ma a Merit non importava, era di buon umore e voleva stuzzicare il suo ragazzo. Così, avvicinandosi a lui in modo provocatorio, gli sussurrò: «Ehi, bel giovane, lo sai che hai proprio un bel culo?»

«Merit, la casa è lontana, ma l'auto è vicina.» Merit si mise a ridere.

«Ciao William, quanto tempo», due persone si erano avvicinate, distraendoli.

«Ciao Black, è vero, è passato un sacco di tempo», poi, rivolgendosi a Merit: «Merit, loro sono Black e Lory. Black, Lory, questa è la mia fidanzata, Merit Logan.»

Per la prima volta sentì il suo vero cognome, suonava bene.

Guardò i due nuovi arrivati: avevano tutta l'aria di essere cantanti: lui in stile rock and roll con la maglietta dei Rolling Stones e capelli ricci, l'altro molto elegante con abiti firmati Diesel, si distrasse e non ricordava chi era chi.

Uno di loro parlò con il tizio alla porta e per magia riuscimmo ad entrare saltando la coda. Tutti li guardarono un po' male. Si sistemarono in un privé e subito arrivò un cameriere con una bottiglia di champagne. Si misero a parlare, ma Merit non ascoltava, si guardava in giro, ascoltava la musica battendo il tempo con i piedi. Si accorse che il tizio (proprio il nome non se lo ricordava) elegante non le toglieva gli occhi di dosso.

Non se ne curò, si prospettava una bella serata.

Improvvisamente sentì una mano fredda sulla sua. «William, posso invitare la tua ragazza a ballare?»

«Certo, ma è a lei che dovresti chiederlo.»

Il tizio elegante guardò Merit, così si alzò e lo seguì in mezzo alla pista. Iniziarono a ballare, lui con le mani sui fianchi di lei e lei con le mani sulle spalle muscolose di lui.

«Sei molto carina.»

«Anche tu, molto elegante»

«Mi hai scoperto, lo ammeto, tengo molto al mio aspetto.»

Ballava molto bene, lasciando tracce del suo profumo, ma non riusciva a vedere William. «Scusa, ma non ricordo il tuo nome» disse Merit.

«Sono il Maestro del casato in Alaska, il mio nome è Gregory Black, Lory invece è l'altro ragazzo.»

«Ora non lo dimenticherò.»

«E così, tra non molto vi trasferirete da queste parti. Ti vedrò spesso.»

Che bel ragazzo, pensò, e sexy, emana vibrazioni elettrificanti, solo un Maestro ne è capace. Lui le si avvicinò come per baciarla, ma si avvicinò all'orecchio di lei: «Guarda che io leggo nel pensiero, Ti chiederei il numero di telefono, ma… sei impegnata.»

«Leggere la mente di altre persone non è leale» disse Merit leggermente seccata.

«È il potere di un Maestro, noi possiamo scegliere chi ascoltare e chi no.»

Improvvisamente la musica si fermò. Si sentivano degli spari e la gente si buttava a terra. Anche Merit e Black erano a terra. «Vedi qualcosa? Quanti sono?» Chiese Merit.

«Non preoccuparti, ci sono io vicino a te e ti proteggerò.» Lui non sapeva che sarebbe stata lei a proteggerlo. Cercò William con gli occhi, poi lo vide, era lontano e mi guardava. Anche lui era a terra. Vide gli aggressori, erano quattro, con il volto coperto, due avevano il fucile, uno una pistola ed il quarto disarmato che raccoglieva cellulari e gioielli per poi mettere tutto in una cesta. Merit era disarmata, nemmeno un coltellino. Chiese a Black se i malviventi erano vampiri (poteva dedurlo dal loro battito cardiaco), lui rispose di no che erano invece umani.

«Quanti vampiri ci sono in sala?» chiese ancora. Black si guardò intorno, socchiuse gli occhi e rispose che ce n'erano solo quattro.

«Dunque William, tu, il tuo compagno... e il quarto chi è?»

«Quello alla porta che non faceva passare. Scusa, ma perché tante domande?»

«Ci vuole un piano per uscire da questa situazione, quindi mi serve il quadro completo.»

L'uomo con la cesta si fermò davanti a Merit: «Ehi, ma guarda che bell'anello.»

«Non ci pensare nemmeno, è il MIO anello di fidanzamento.»

«Ora non più» e glielo sfilò in malo modo dalla mano.

«Ma che bella pietra, il tuo fidanzato deve essere ricco, dov'è?»

«Non è venuto, sono in libera uscita.» Si guardò intorno ed incrociò lo sguardo di William.

Una ragazza in fondo, forse un po' fatta, si alzò in piedi. «Stai giù!» gridò uno degli uomini con la pistola, ma lei non ubbidì. Un colpo dritto alla gamba la fece accasciare a terra. Il sangue colava copioso, e Merit doveva fare qualcosa. Alzò quindi una mano gridando: «Ehi, io sono un'infermiera, posso curarla.»

L'uomo che sparò con un cenno del capo mi fece capire che acconsentiva, così corse da lei e, con la cintura di uno che le stava vicino, fece un laccio emostatico stringendola poco sopra la ferita.

«Bisogna portarla in ospedale, io qui non posso fare di più.»

Non risposero e continuavano a parlare tra di loro. Come combattere questi idioti, pensò guardandosi intorno, abbiamo due Maestri vampiri, qualcosa si può fare sicuramente. Merit era brava nel lancio di coltelli... ma senza coltello era più difficile. Vide un portacenere in metallo, sembrava sufficientemente pesante. Fu però preceduta da suono di sirene che si avvicinavano.

I quattro si innervosirono, soprattutto quando un ragazzo senza una ragione si mise in testa di fare l'eroe. Si alzò, ma in meno di un secondo, uno degli uomini lo abbatté colpendolo alla schiena con il calcio del fucile. Il ragazzo ricadde a terra con un grido di dolore.

La situazione stava degenerando, bisognava assolutamente fare qualcosa e William e Black erano lontani. Impossibile parlare con loro. Ma a Merit venne in mente che i due Maestri potevano leggere la mente. Così si concentrò cercando di attirare la loro attenzione. Si accorse che i Maestri la stavano guardando dando segni di poterla comprendere. *Io mi occupo di quello con la pistola e dell'altro, voi degli altri col fucile. Al mio tre, uno... due... tre!*

I due scattarono come molle e corsero come il vento addosso ai malcapitati disarmandoli, Merit lanciò il portacenere sulla mano del terzo uno che, con un grido di dolore, fece cadere la pistola, e gli assestò un calcio così violento che lo scaraventò sulla console del DJ. All'ultimo bastò un poderoso pugno in faccia per fargli perdere i sensi.

Finì tutto in pochi secondi.

Quando arrivò la polizia, non restò altro da fare se non portarseli via. Arrivò anche l'ambulanza che portò la ragazza in ospedale.

«Complementi ragazza. William, sei molto fortunato» poi, rivolgendosi a Merit: «Ti assumerò per far parte del mio casato.»

«Sono lusingata, ma sono felice dove mi trovo ora. Sono però molto contenta di avervi conosciuto.»

Il ragazzo che era venuto con Black disse: «Merit, questo anello è tuo, vero?.»

«Oh sì, grazie di averlo ripreso», poi andò a recuperare anche il cellulare. William l'abbracciò.

«Che serata, amore, andiamo a casa.»

Black si avvicinò.

«Ragazzi, non andrete via vero? La serata è appena cominciata, andiamo da un'altra parte a bere qualcosa.»

«Mi spiace, ma Merit ed io abbiamo delle cose da fare» disse William guardando la fidanzata con complicità.

Merit si svegliò nel primo pomeriggio, il sole era alto. Andò in cucina, aprì il frigorifero ed era vuoto. Aveva una gran fame e pensò di andare in un bar, così tornò in camera, William dormiva ancora.

«William, scusa, mi servirebbero le chiavi del Pick Up» disse quasi sussurrando. William si voltò lentamente.

«Oh mio Dio, che cosa hai?» La sua pelle era più bianca del normale, le occhiaie erano di un colore viola scuro.

«Merit, non mi sento bene, sono più di tre giorni che non bevo, devi trovarmi sacche di sangue al più presto. L'auto è nel garage, ti do l'indirizzo, ci vorranno un paio d'ore. Verrei anch'io, ma non posso uscire col sole.»

«Prendi il mio», disse lei porgendo il collo.

«Non posso, la fame è tanta ed ho paura di non riuscire a fermarmi. Tieni, questo indirizzo ti porta al casato Black, prendi le sacche e digli che sono in debito.»

Prese l'auto in garage, una sportiva rossa, impostò l'indirizzo nel navigatore e partì. Si fermò in un bar per mangiare velocemente qualcosa. Ancora non era uscita, quando chiamò Aron per sapere se procedeva tutto bene. Lei gli disse di William che non stava bene e che era diretta dai Black. Non aggiunse altro, salutò e riagganciò.

Dopo quasi un paio d'ore, svoltò per una strada in salita fino a quando non vide la casa in cima alla montagna. C'erano due guardie armate all'ingresso. Saranno umani, pensò, qui, sotto il sole. Chiese ad uno di loro di poter vedere Gregory Black. Il ragazzo, pelle scura, mi chiese di aspettare. Entrò e dopo qualche minuto uscì facendola passare.

Black, capelli neri, camicia bianca, pantaloni chiari, era seduto davanti ad una scacchiera.

«Ciao Merit, non pensavo di vederti tanto presto, sono contento.»

«Sono qui a chiederti delle sacche di sangue per William, non sta bene, è molto che non beve.»

Black chiamò qualcuno del personale e diede ordine di prepararle.

«Vieni a sederti, gioca con me mentre aspettiamo, vediamo quanto sei brava e se sei in grado di battermi.»

Arrogante che non sei altro, ma chi ti credi di essere? Ti metto subito al tappeto. Voleva dire, ma Merit lo pensò solamente.

«Ricordati che leggo nel pensiero.» Merit fece un smorfia, lui sorrise. Dopo qualche minuto arrivò un ragazzo con un frigorifero portatile e, quasi contemporaneamente: «Ok Black, ho vinto!»

«Chiamami pure Gregory. Sei molto brava, ma quante qualità hai? Ne avrai ancora, suppongo.»

Merit sorrise e, prendendo il frigo disse: «Ti ringrazio. Ah, dimenticavo: William ha detto che è in debito con te.»

«Oh, ci puoi giurare. Ciao Merit, viene a trovarmi quando voi.»

Merit ripartì a tutto gas. Arrivò con le sacche in meno di due ora. William era ancora al letto, ridotto proprio male.

Bevute due sacche con avidità stava già un po' meglio. Merit restò accanto a lui, abbracciata.

Arrivò il tramonto, quando bussarono alla porta. Merit andò ad aprire e, con sorpresa, vide Aron e Logan con in mano un grande contenitore frigo a testa.

«Ciao, state andando in campeggio?.»

«Molto spiritosa, abbiamo delle sacche e del cibo per te. Dopo la telefonata ci siamo preoccupati. Sapessi che viaggio in aereo, ma dimmi, come sta William?»

Merit li accompagnò in camera e Logan lo visitò immediatamente.

«William, ti abbiamo portato dell'ottimo BRH-negativo d'annata, quello buono.»

La strappò un sorriso a William.

«Quanto tempo pensate di rimanere?» Chiese Logan.

«Due o tre giorni» rispose Merit.

«Perfetto, restiamo anche noi, così poi torniamo tutti insieme. Resterò qua con voi, la mia casa accanto la stanno sistemando» disse Logan.

William guardò Merit come per dire *ma che c...* Già, pensò lei, siamo venuti per restare soli e guarda un po', Lui capì e sorrise e le fece cenno di avvicinarsi. «Hai ragione, piccola. I piani sono saltati» le sussurrò all'orecchio.

La convivenza procedeva bene, mancava un giorno perché rientrassero tutti al castello in Canada. Poi, sarebbero tutti ritornati lì per una ventina d'anni. Tutto questo creava in Merit una serie di pensieri: che assurdità nascondersi, vivere nell'ombra, ma perché tutto questo? Era forse così necessario? Sarebbe fantastico vivere alla luce del sole (pessima scelta di parole). Così, quella sera stessa, volle parlare con i tre vampiri presenti.

«Ragazzi, vorrei condividere un pensiero che mi frulla per la testa. Cosa penserebbe il mondo intero se scoprisse l'esistenza dei vampiri? Se io stessa posso vivere con voi e addirittura avere anche un fidanzato, se anche mia sorella può farlo, se siamo riusciti ad unire due specie così diverse senza problemi, potremmo anche arrivare al punto in cui non dovremmo più nasconderci, non vi pare? I ribelli non avrebbero ragione di esistere e la gente donerebbe il sangue volontariamente. Che ne pensate?»

Si guardarono tra di loro ed in un primo momento sembrava che pensassero *dev'essere impazzita.* Poi però William disse: «Non sarebbe una cattiva idea, ma penso che nessun governo accetterebbe mai una cosa del genere.»

Intervenne Aron. «Non ne sarei così sicuro, noi siamo più forti, e l'esercito sarebbe felice di averci dalla loro parte, anche in altri ambienti, noi possiamo risolvere molti problemi. Basta raccontarlo alla Stampa ed il gioco è fatto.» Fu poi la volta di Logan.

«Mi sembra di sognare. Possibile che non vi rendiate conto? Gli umani non vanno d'accordo nemmeno tra di loro, ognuno vuole primeggiare sull'altro, si calpestano per il potere e distruggono tutto il distruttibile. Donare il sangue per noi? Andiamo, lo fanno solo per se stessi. E anche se fosse, ci schiavizzerebbero razionando il sangue e tenendoci in pugno. Proporre di insediare una nuova razza, più forte per giunta, impossibile, senza contare il razzismo che ancora esiste.»

Uno contrario, uno a favore ed uno così così, pensavo peggio, si disse Merit.

«Ci penseremo» disse William.

Poi parlarono tra di loro, si capiva poco: *può funzionare, è pazzesco, rivoluzione mondiale.*

Il giorno successivo, William disse: «Andiamo a parlare con Black, vediamo cosa ne pensa.»

Quando arrivarono, fuori dalla casa c'era il solito ragazzo che li fece attendere. Bene, ora potevano entrare, ma le armi dovettero lasciarle alla guardia: William e Aron avevano le pistole, Logan un grande coltello Bowie e Merit un coltello in uno stivale. Black, sempre molto elegante, sedeva davanti alla scacchiera, molto bella, come tutta la casa del resto. Merit l'ultima volta non ci aveva fatto caso.

«Oh, ma che sorpresa, sedetevi, ho un vino eccellente da offrirvi. Me lo faccio portare direttamente dall'Italia. A cosa devo l'onore di questa visita?»

William fu il primo a parlare:

«Vengo subito al punto. Merit ha avuto un'idea, e volevamo condividerla con te per sapere cosa ne pensi. Se il mondo intero sapesse di noi, come pensi reagirebbe? Forse non dovremmo più nasconderci, vivremmo in mezzo a loro liberamente, Cosa dici a proposito?»

Black si alzò dirigendosi verso Merit e la guardò negli occhi costringendola a sostenere il suo sguardo. Poi disse: «Interessante, sembra impossibile, ma guardando voi due... be', io non mai sentito un corpo caldo sopra il mio.»

Continuava a fissare Merit. «Scordatelo!» sbottò lei come se gli avesse letto nel pensiero.

«Molto buono questo vino» disse Logan rompendo la tensione.

«L'altro giorno, in discoteca, quando siete corsi a disarmare quei due, la gente guardava perplessa, si è resa conto che qualcosa non quadrava e che voi non eravate come loro» disse Merit, e poi continuò: «Potremmo dare una mano alle autorità» e Black completò la frase «... e cambiare il mondo.»

L'idea sembrava piacere, certo non era una cosa da fare dall'oggi al domani, io e William eravamo un vero esempio. Ma poi Logan smorzò l'entusiasmo: «Ragazzi, non dimenticate la storia. Da quando è nato il mondo il genere umano ha avuto paura e combattuto con ogni mezzo ciò che riteneva diverso o ciò che non comprendeva. Ed erano tutti umani. Inoltre vi assicuro che, per quanto se ne dica, a tutt'oggi non è cambiato niente.»

Una settimana dopo, William aveva convocato al castello tutti i Maestri degli altri casati, compreso l'ordine del comitato anziani dei vampiri, la massima autorità per loro. Tutti riuniti in un unico luogo. Erano presenti anche Melody e Roberto. Nel grande salone, dove si fanno le feste, c'erano diversi tavoli posizionati in tondo con sei sedie per ogni tavolo e sopra candelabri neri. Erano attesi moltissimi ospiti.

Il parcheggio era pieno di auto di lusso. Man mano che arrivavano, i Maestri, tutti accompagnati da un loro secondo, entravano lentamente in pompa magna. Tutti erano vestiti in modo più che adatto.

Per quell'evento Merit si mise un tailleur color blu petrolio. «Sei molto elegante. Non scendere però fino a quando non sono arrivati tutti. Manderò Logan a prenderti quando sarà il momento. Ti amo, vedrai che andrà tutto bene.»

Merit alzò gli occhi al cielo, era nervosa. Potevano anche dire che era un'idea totalmente folle e prendersela con William per colpa mia. Avrebbe perso la credibilità.

Mio nonno e suo padre combattevano i vampiri, li ammazzavano, pensò, ed io... voglio unire tutti come una famiglia felice. Ma che mi è venuto in mente? Logan entrò in camera: «Merit, è ora di andare.»

Scesero le scale a braccetto, tutti erano seduti ai loro posti e William nel mezzo iniziò a parlare:

«Cara famiglia, vi ho riunito per discutere un argomento mai toccato nella storia, ma che ci tocca tutti. Questo è Francis Logan, come molti di voi sanno e lei è Merit, la mia fidanzata. Lui era prima un mezzo sangue e dalla sua unione con un'umana è nata Merit. Vive al castello con tutti noi. I tempi sono cambiati. Credo che la convivenza sia possibile, ed io vi chiedo: perché non uscire allo scoperto?»

Un vampiro dal fondo disse: «Ehi Will, che stai cercando di dire? Sai che verremmo tutti uccisi, vero?.»

Fu il momento di Merit:

«Voi sapete che sono umana, lo percepite dal battito del mio cuore, ma io, come umana, non so se siete umani o vampiri o altri esseri paranormali. Noi ci mescoliamo ogni giorno nei bar, ristoranti, discoteche, ballando insieme» si interruppe qualche secondo e guardò Black che le fece un sorrisetto complice, poi riprese «Si dovrebbe uscire allo scoperto una volta per tutte. Voi siete più forti, bisognerebbe far vedere loro cosa siete capaci di fare.»

O mi ammazzano adesso, pensò, o mi prendono sul serio o, più semplicemente mi ridono in faccia.

«Potremmo cambiare, le vecchie regole vampiresche, come non sposarsi tra vampiri e umani, oppure vivere con loro, tutto si può fare perfettamente e noi ne siamo la prova.»

«William, spero tu non stia parlando seriamente, non ti rendi conto delle reazioni che scateneresti» disse uno degli invitati. William non ribatté.

Tutti si guardarono e parlottavano tra di loro.

«Sei stata molto brava a parlare» disse William «Come possiamo uscire alla luce, con la stampa?»

«Molta gente avrà paura, ma alla fine si abitueranno quando impareranno a conoscervi.»

Dopo un paio d'ore di discussioni, il congresso prese una decisione ed un anziano si alzò: «Bene, usciamo allo scoperto.»

William abbracciò Merit «Tutto merito tuo, piccola.»

«Voi siete pazzi, tutti quanti», disse Logan uscendo.

Merit non ci fece caso e mise una mano in tasca, prese la sua medaglia portafortuna con l'immagine di un angelo e la baciò.

«William, vado fuori a prendere un po' d'aria, sto soffocando.» Merit uscì in giardino e subito si sentì meglio. Guardò in alto, il cielo limpido punteggiato di stelle era meraviglioso, ma lei cercava qualcosa. Poi vide una stella che brillando cambiava colore. William, che l'aveva seguita, disse: «E così, una sera ti ho conosciuto, ed hai cambiato la mia vita. Ma non eri contenta, ed hai cambiato anche la mia specie. Sei incredibile» e la baciò.

Logan accompagnò Merit in camera. Alcuni di loro stavano litigando, non tutti condividevano la decisione. Quando passò accanto ad alcuni di loro, uno gridò: «William, ti sei bevuto in cervello per quella.»

Logan mi ha consiglio di non dire niente.

Era molto nervosa e Melody, per distrarla, le mostrò delle cose portate dall'Italia apposta per lei: vestiti firmati e profumi. A Merit scoppiava la testa, non c'era sua sorella che era un'altra prova.

William entrò in camera: «Sono andati via tutti, la maggior parte di loro è d'accordo. Diamo inizio alle danze e vediamo che succede. L'unico problema è che non potremo tornare indietro .»

Il giorno dopo, Merit e William erano su tutti i giornali, lui mostrava le zanne. La madre di lei telefonò, era disperata.

Come succede in questi casi, non tutti erano favorevoli ed in men che non si dica, il castello fu oggetto di un vero e proprio assalto. Chi lanciava sassi, chi imprecava, un vero e proprio caos.

Anche i ribelli erano infuriati, più di quanto non lo sono mai stati. Ma il loro piano procedeva. Il governo li chiamò per vedere quale vantaggio avrebbero ottenuto. Fu risposto che i vampiri avrebbero potuto far parte delle forze dell'ordine, e così si calmarono. Le ragazze volevano fare dei selfie con William, pazzesco.

«Ho creato un mostro» disse Merit.

«Lo sono da prima, piccola.»

Passarono alcuno giorni ed i manifestanti se n'erano andati. Tutto tornò tranquillo.

Nel bar si vedevano coppie miste, di umani e vampiri. Il mondo stava cambiando e Merit, con il suo immancabile Gin Tonic, e il suo fidanzato con una birra, brindarono agli anni a venire.

Monica Jacqueline Boerr – Merit

DODICESIMA PARTE

Melody e Roberto rimasero al castello, in vacanza, per qualche mese. La madre ed il padre di Bonnie volevano conoscere Alex, così giunsero al castello per rimanere un intero weekend.

Alla fine era quello che Merit aveva sempre desiderato: stare tutti insieme, umani e vampiri.

Durante il giorno, mentre tutti gli altri dormivano, Merit stava con la madre ed il patrigno con cui si era riappacificata. Anche Bonnie era con loro e tutti loro facevano colazione insieme ed insieme andavano per la città. Tornando al castello erano già tutti svegli.

Quella sera, Logan andò a trovarli, soprattutto per incontrare la madre. Si abbracciarono con molto trasporto, era dai tempi del college che non si erano più visti. Vederli insieme, Logan sembrava suo figlio. Accadrà la stessa cosa anche a me, pensò Merit.

Finito il weekend i genitori di Merit partirono e, mentre con Melody stavano bevendo un caffè, Melody le raccontò che la sorella gemella di Rayler era in cerca di vendetta, contro per tutti, nessuno escluso. Cercherà William o la sorella.

«Melody, devi andartene subito, con tuo marito, prima che sia troppo tardi»

«Certo che no, non abbandono mio fratello, combatteremo insieme se sarà necessario, mio marito ha detto che per adesso restiamo.»

Fuori dal castello, quattro guardie armate sorvegliavano l'ingresso, pronte a dare l'allarme ad ogni attività sospetta. Merit e William erano in camera a parlare.

«William, hai paura di quella stronza? Darei la mia vita per proteggerti.»

«Non sarà necessario, piccola, sono un Maestro, non mi succederà nulla e, per la cronaca, non ho nessuna paura di quella pazza.»

«E che mi dici di tua sorella?»

«Anche Roberto è un Maestro, sono sempre insieme. Non pensarci più, il castello è al sicuro.»

La mattina seguente una splendida giornata riscaldava la città. Merit doveva approfittarne perché presto sarebbe arrivato l'inverno e la neve. Non sapeva se sarebbero andati in Alaska, i piani erano cambiati.

Entrò in chiesa, con suoi pensieri voleva un momento di tranquillità. Passò il Parroco, si fermò davanti a lei e disse: «Ti ho visto in televisione la settimana scorsa.»

«Lei, padre, lo sapeva che c'era un mondo parallelo, vero?»

«Si certo, sono tanti i soprannaturali, vedo che porti una croce antica, te l'ha regalata uno di loro?»

«Oh sì, e questa medaglia» mise una mano in tasca «me l'ha regalata Lucifero in persona» e gliela mostrò. «Lucifero l'ho visto molte volte, ogni tre per due lo rispediscono qui sulla Terra, lassù è poco affidabile.» Si misero a ridere e poi lui disse: «Ora devo andare, ma stai molto attenta, il mondo delle tenebre è più pericoloso di quanto immagini.»

«Grazie, farò attenzione.»

Andò poi a casa di Bonnie e quando entrò Felis le saltò in braccio. Si fermò a pranzo apprezzando la cucina della sorella (era veramente brava a cucinare). La invitò al castello per la sera, approfittando della presenza di Melody. Sarebbero uscite a divertirsi, era tanto che non si trovavano tutti insieme. Tornata al castello andò in biblioteca a studiare.

Entrò William.

«Piccola, mia sorella ti stava cercando, non sa come vestirsi stasera. Mi ha poi detto che i piani per questa ser sono di andare al pub a bere qualcosa e dopo a ballare.»

Così Merit, Bonnie e Melody si ritrovarono in camere impegnatissime sul come vestirsi. Merit gonna corta in pelle e top con paillettes e stivali con tacco, Bonnie e Melody vestitini corti e poi tutte davanti allo specchio per truccarsi. Gli uomini era già pronti da un bel po'. Finalmente riuscirono a partire.

Il bar di William era praticamente pieno, ma trovarono ugualmente un tavolo. Ridevano e scherzavano come se non esistessero più problemi. La serata prometteva bene. Si avviarono poi alla discoteca e durante il tragitto, Merit si rese conto che non aveva con sé la medaglia portafortuna. Poco male, pensò, che cosa mai potrebbe succedere?

Anche la discoteca era piena di gente e, secondo William, umani e vampiri erano mischiati per un unico divertimento. «Andiamo a ballare», disse Bonnie, bellissima con quei capelli lunghi e ricci. Merit li aveva lisci. Tutti in pista a ballare quindi, fino allo sfinimento. Merit e William tornarono al tavolo, lei con il suo solito Gin Tonic. «William, me ne ordini un altro?»

«Piccola, vacci piano, questo è il terzo.»

Allora lei cominciò a stuzzicarlo, gli sfiorò la bocca con un bacio ed iniziò a toccarlo in modo alquanto imbarazzante. Arrivò il cameriere con il Gin Tonic e vedendo la scena, restò immobile con gli occhi spalancati.

«Andiamo via, piccola» disse William.

«Non ancora, devo finire il mio drink.»

Anche Melody e Roberto tornarono al tavolo e quasi immediatamente dopo pure Bonnie e Alex. William si alzò, prese Merit per mano (le girava la testa), e uscirono mentre gli altri restarono.

Al parcheggio del castello: «Merit, resta qui, qualcosa non quadra, le guardie non ci sono.»

«Col cavolo che resto qui!»

Entrò dietro di lui e videro le guardie all'interno. Al momento furono confusi, poi videro in un angolo Aron, legato ad una sedia e con del nastro adesivo sulla bocca.

William si rivolse infuriato ad una delle guardie: «Che cosa sta succedendo qui? Lascia andare immediatamente mio padre, è una ordine!»

Quasi dal nulla comparve alle loro spalle una ragazza: non più di trent'anni, fisico da capogiro e capelli blu.

«E tu chi sei?» chiese William.

«Ciao principe, sono Rihana, la sorella gemella di Rayler, quello che tu hai decapitato. Ti ricordi adesso? Non vedo tua sorella. Ehi, ma questa umana chi è? Non dirmi che è la tua ragazza. Ho capito! È quella che ha rivelato al mondo la nostra esistenza. Bene, bene, portatela di sopra!»

«Non farle del male, prenditela con me, sono io che ho ammazzato tuo fratello.»

Le guardie lo afferrarono immobilizzandolo. Merit urlava disperata.

«Parliamo un po'» disse Rihana, «Lascia che i ragazzi si divertano con la tua ragazza, a proposito, come se chiama?» Rispose una delle guardie: «Si chiama Merit.» «Ah, è un bel nome, peccato che tra non molto smetterà di respirare. I tuoi uomini ti hanno tradito, principe. Quando c'era mio fratello, se non sbaglio ti hanno dato un indirizzo sbagliato. Sai, penso di essere più furba di te, oppure lo stupido sei tu. Hai ucciso mio fratello e, come sai, la regola dei vampiri impone occhio per occhio.»

Si sentivano le urla di Merit. «Se le fai del male, ti ucciderò con le mie stesse mani.»

Rihana rideva divertita. Aron poteva solo guardare, impotente.

«Penso che la tua ragazza sia arrivata alla fine, non la si sente più.» Scesero dalle scale i tre ragazzi che erano con Merit: «È tutto a posto, mia Signora» disse uno di loro.

«Bene, principe, visto che ho portato a termine il mio compito, direi che posso andarmene contenta. È stato un piacere conoscerti.»

Poco prima...

I tre ragazzi portarono Merit al piano superiore ed entrarono nella prima stanza che trovarono. La buttarono sul letto e due dei ragazzi la tenevano ferma, l'altro le tolse gli stivali. Cadde il pugnale che lei teneva sempre dentro uno stivale, il ragazzo lo afferrò e le procurò dei tagli profondi nelle gambe. Passò poi con tagli al petto finché affondò con forza la lama nel cuore.

Merit sentiva il corpo bruciare, non poteva difendersi, muoversi e sentiva il sangue scorrere copioso e caldo. Dov'era William? E Aron? Sentiva le forze che l'abbandonavano, come topi su una nave che affonda. Poi le zanne che penetravano nel collo, il sangue, il letto umido e caldo, sentiva il cuore che batteva sempre più piano e leggero. Gli occhi si stavano chiudendo sempre di più. Poi il buio e la pace.

I tre uscirono e scesero le scale, uno si rivolse a William: «Ciao Maestro, è stato un piacere servirla.»

«Giuro che la pagherete, tutti!.»

William corse a slegare il padre e volò come un fulmine su per le scale gridando il nome della sua amata una, due, tre volte. Spalancò la porta quasi abbattendola e la vide sul letto, immobile, in un bagno di sangue. Si avvicinò, respirava ancora, debole, molto debole.

«Aron, chiama Logan, che venga subito!.»

Anche Melody e Roberto rientrarono. Logan arrivò in pochi minuti e dopo averla visitata:

«William, devi subito prendere una decisione: lasciarla andare o trasformarla, ma non c'è tempo da perdere, devi farlo ora!»

«Mi odierà, ma non posso vivere senza di lei.»

I suoi canini entrarono nella sua carne, per bere il sangue che era rimasto. Tutti erano in ansia e arrabbiati. Poi William la prese tra le braccia, la condusse nell'appartamento e l'adagiò dolcemente sul letto. Non aveva più una goccia di sangue in corpo. Non restava che aspettare, la trasformazione richiede molte ore perché si aggrappasse ad un'altra vita.

«Ascoltatemi tutti» disse William, «Mancano pochi minuti all'alba, siamo tutti stanchi e in questo momento non possiamo fare altro. Lei si sveglierà nel pomeriggio, quindi andiamo a riposare. Bonnie, tu non potrai venire per almeno due settimane, potrebbe aggredirti. Alex ti spiegherà tutto. Aron, avverti i nostri dipendenti umani che per il momento non possono venire. Logan, tu devi restare per ogni evenienza, starai nella camera degli ospiti.»

Poi si girò guardando tutti con molta autorità: «Buonanotte a tutti e… grazie.»

William si sdraiò nel letto accanto a Merit, era fredda. Pensava al giorno in cui l'aveva incontrata nell'ascensore dell'ospedale, al primo bacio. Non sarebbe più stata la persona di una volta, l'infermiera che combatteva con la sua vecchia auto scalcinata. La Merit della quale si era innamorato non c'era più, o forse si, ancora non lo sapeva. Potrebbe diventare un mostro arrogante con sete di vendetta come loro. Sperava solo che continuasse ad amarlo.

Fu un pomeriggio diverso, con molta aspettativa, ante chiuse alle finestre come sempre. Tutti erano in salotto in ansia aspettando il momento della giornata. William comparve sulle scale.

«Ancora non si è svegliata, diventa più fredda ogni minuto che passa. Melody, puoi salire a prepararla e vestirla? Scegli un bell'abito adatto a lei.»

157

William era molto provato da quella situazione, era forte, ma allo stesso tempo sembrava dovesse cedere in qualunque momento. Logan cercò di confortarlo: «Hai fatto la cosa migliore possibile, sai che non c'era altra soluzione. Non dimenticare che lei è più forte di quanto credi. Ora vado a portarle le sacche di sangue, le metterò in frigo.»

«Portale anche il calice nero e dorato.»

Il momento arrivò. Lentamente Merit aprì gli occhi, ma vedeva tutto leggermente appannato. Il corpo era inesistente, non sentiva le gambe, le braccia, nulla. Riuscì comunque, dopo qualche minuto, a sedersi sul letto, ed un leggero capogiro l'assalì. Aveva tanta sete.

«Ciao Merit, benvenuta nel mondo delle tenebre.»

La frase non le suonò nuova.

«Melody, che fai qui? Perché sono vestita così? Andiamo ad una festa?»

«Sei molto bella, ma prima bevi, poi prova ad alzarti, senza fretta.»

Melody le diede il calice in mano.

«Che buono, cos'è?» Lo bevve d'un fiato, poi ne volle un altro, e poi ancora uno.

«Ora basta, vieni allo specchio», e la prese per mano. Merit la seguì fino a vedersi riflessa. Era diversa, un'altra persona, capelli più lunghi color mogano, occhi dorati, molto magra e bianca come il latte.

«Melody! Questa non sono io, cosa mi è successo? Noo!» gridò mettendosi le mani davanti alla faccia.

«Tranquilla, va tutto bene, adesso sei come me e non invecchierai mai.»

«Mi stai dicendo che sono… un vampiro?»

Senza attendere risposta, tastò i canini con la lingua procurandosi una micro ferita.

«Ti abituerai, ora sei una "neonata vampira", come diciamo noi»

«Ricordo solo tre uomini che mi facevano del male… e ricordo anche una stronza con i capelli blu… dov'è William, sta bene?»

«Si, vieni con me, ti aspettano di sotto.»

Merit continuava a guardarsi allo specchio, non era stata mai tanto magra, era con un vestito di pizzo nero e scarpe a tacchi alti. E pensare che prima le facevano un male del diavolo, ora non più. Camminava, ma non sentiva il suo corpo.

Ai piedi della scala l'aspettavano tutti. Aron le prese la mano: «Benvenuta in famiglia, sei una di noi adesso.»

«Figlia mia, adesso siamo uguali, benvenuta» disse Logan con gli occhi umidi.

«Benvenuta cognata» fu la volta di Alex.

Poi si avvicinò William: «Sei bellissima, ora potremo stare insieme per tutta la eternità, benvenuta mia principessa. Andiamo nel mio ufficio, devo parlarti da solo.» Le prese la mano e la invitò a seguirlo.

«Scusami per quello che ti ho fatto, ma non ho avuto scelta, l'alternativa era lasciarti morire e non ho potuto permetterlo. Ti avevano lasciato praticamente morta, sono stati i ragazzi che erano di guardia. Ci hanno tradito, Merit. Rihana non voleva me, voleva mia sorella, sai, occhio per occhio. Ma Melody non c'era e se l'è presa con te. Sei la persona più importante della mia vita, la più importante per tutti.»

William prese tra le mani le guance di Merit ed appoggiò la sua fronte sulla sua sfiorandole le labbra con le sue.

«William, tu mi hai salvato la vita. Non erano questi i miei piani di vita, ma non devi sentirti in colpa» e lo baciò forte. «Scusami, non controllo ancora la mia forza. Adesso ho voglia di bere.»

Uscirono dall'ufficio ed Aron le andò incontro: «Tieni, ti ho portato un libro da leggere. È il regolamento dei vampiri, ti sarà utile.» Merit ringraziò e disse che forse un giorno l'avrebbe letto.

Avevano tutti un bicchiere in mano per festeggiare. Pensare che solo il giorno prima quella roba le dava la nausea. Alzò lo sguardo verso William, per incrociare il suo. Riuscì solo a vedere la sua espressione ferita e arrabbiata di un autentico predatore, di un Maestro che credeva nel proprio casato, che assistì alla violazione del proprio castello. La minaccia di Rihana ed il tentato omicidio della sua ragazza. Le fece immediatamente capire che ormai il suo scopo era quello di cacciare la ragazza dai capelli blu, stanarla ovunque fosse ed infine eliminarla. Merit riuscì a comunicare telepaticamente con William, *quella devi lasciarla a me,* ma lui scosse la testa, *lei è mia!*

Prima di tutto Merit doveva imparare ad usare il controllo, la sete, la forza. Aveva Aron ed Alex come insegnanti, tutto si svolgeva tutti i giorni in palestra. Per il momento non poteva avere nessun contatto con gli umani, non poteva uscire dal castello e le serate le passava leggendo, oppure ancora in palestra.

Melody e Roberto se n'erano andati, erano tornati in Italia. Le mancava il sole, la brezza mattutina, fare una passeggiata in pieno giorno. Tutte queste cose che potevano farla sentire parte della natura, non c'erano più.

Una serata noiosa come tante, William le disse: «Piccola, usciamo, andiamo nella foresta. Altre cose devi imparare, come arrampicarti sugli alberi e saltare più in alto di quanto tu non abbia mai fatto.»

Passarono così altre due settimane e Merit imparava in fretta, ma erano piccole cose, l'ostacolo più grande era trovarsi di fronte ad un essere umano senza saltargli alla gola. William decise di portarla a casa della sorella, sapeva che non le avrebbe mai fatto del male.

Quando le sorelle si trovarono una di fronte all'altra, si abbracciarono come ai vecchi tempi. Ma Merit sentiva le pulsazioni invitanti sul collo di Bonnie e stava mostrando una gran voglia di buttarsi su di lei.

«Con calma, Merit» disse William.

«Sorella, sei bellissima, diversa, elegante, non ti ho mai visto così» esordì Bonnie.

«Sì, sono cambiata, ancora devo abituarmi. Ti ho portato questa medaglia, portala sempre con te, mi raccomando. Anche questa collana con la croce, portala in chiesa, il parroco saprà di chi è. Io non posso più portarla con me» disse con una punta di amarezza. «William, so che era di tua moglie, spero non ti dispiaccia e sono sicura che capirai.»

William rimase in silenzio, ma accettò la cosa anche se un po' malvolentieri.

«Bonnie, ora devo andare, ci vediamo presto. Andiamo William.»

Merit salì in auto e Bonnie restò sulla porta a guardarla con tristezza, *dov'è finita la mia cara sorellona*. William le si avvicinò e le disse: «Tua sorella è molto cambiata, è fredda e arrabbiata. Non riesce ancora ad accettarsi, dovremo avere pazienza, ma passerà vedrai, io ho molta fiducia in lei.» Bonnie sorrise tristemente.

Arrivati al castello, William disse: «Merit, devo lasciarti sola per un po', ho una riunione con dei militari. Esci a distrarti, se non te la senti di andare da sola, posso chiedere ad Aron di accompagnarti.»

«Grazie, ma non sono dell'umore giusto» tagliò corto.

Era in camera, arrabbiata, la nottata era stata terribilmente lunga. Guardò nell'armadio e trovò un vestito in pelle nera. Lo indossò, si infilò degli stivali e si truccò con del rossetto viola. Sembrava una vampira Dark.

Prese la macchina e partì senza sapere dove andare. Tenne aperti i finestrini e si concentrò sugli odori. Passò davanti al furgone che vendeva hamburger e sentì un forte profumo di fritto (una volta ne andava pazza, ora non più), andò al parco dove i profumi non mancano: odore di erba fresca appena tagliata, pop corn, una coppia stava mangiando e lei sentiva il battito dei loro cuori. Era tutto così strano per lei.

Cercò poi un bar, voleva sedersi tranquilla a bere qualcosa. Vide un'insegna: THE VAMPIR'S. Subito pensò *questo posto fa proprio al caso mio.* Parcheggiò vicino all'ingresso ed entrò. Era tutto molto... vampiresco: pipistrelli imbalsamati appesi alle pareti, luci basse, molto basse (per fortuna ora anche lei poteva vedere al buio), arredo di colore nero ed una musi di sottofondo appropriata.

Si sedette al bancone e chiese una birra, ormai il suo solito Gin Tonic era un ricordo. C'erano parecchie persone nel locale, alcune coppie ballavano, altri erano sedute al tavolo. Sentì il battito di tre persone alle sue spalle, si girò e vide tre ragazze, prostitute del sangue, che per soldi erano disposte a farsi mordere.

Un ragazzo si avvicina e le si siede accanto. Carino con quel look decisamente ribelle alla Heavy Metal, capelli castano scuro spettinati ed un orologio Rolex d'oro spiccava sul polso, forse ricco o forse semplicemente un ladro. Chiese una birra anche lui. «Una bella canzone questa» disse per rompere il ghiaccio.

«Oh sì! Forse di alcuni anni fa.»

«Non ti ho mai visto, è la prima volta?»

«Si, ho visto per caso questo locale.»

«Sei nuova?, trasformata da poco intendo, come ti trovi nel mondo dei vampiri?»

«Ci sono molti benefici, e si, mi hanno trasformato da poco.»

«No sei molto contenta, o sbaglio?»

«Diciamo che non mi piace che qualcuno decida per me. Tempo fa ho fatto la stessa cosa con un ragazzo, l'ho fatto trasformare ed ora me ne pento. Avrebbe preferito morire piuttosto che non vedere più la luce del sole.»

«Capisco, ma prima o poi ti abituerai e ti piacerà. Posso offrirti una birra?»

«Volentieri, tu sei di qualche casato?»

«Si, lavoro per il casato della Maestra Rihana.»

Merit ebbe un sussulto, la stessa donna con i capelli blu che l'ha fatta ammazzare. Doveva saperne di più.

«Dove si trova questo casato? Non l'ho mai sentito, è qui vicino?»

Una voce alle spalle la fece sussultare interrompendo la conversazione.

«Levati di mezzo, questa è la mia ragazza.»

«William, come mi hai trovato?» Il ragazzo sparì.

«Ho visto la tua macchina parcheggiata» e la prese per mano. Cominciarono a ballare travolti dalla musica e lasciando che preoccupazioni se ne andassero.

La sera successiva uscì a correre per la foresta. Passò davanti alla grotta di Lucifero ed ebbe il desiderio di parlare con lui, di raccontargli tutto quello che le era successo, delle sensazioni, voleva anche entrare per risentire il suo profumo. Poi ricordò, come un fulmine a ciel sereno, che tutto questo non era consentito ad una vampira: chiese, luoghi sacri, angeli, le erano tabù. Tutto questo la faceva stare male.

Continuò a correre, ed ogni volta era sempre più veloce. Ad un tratto si fermò, aveva sentito il pulsare del cuore di un uccello sopra un albero. In un attimo gli fu sopra (l'istinto del predatore... e del mostro che era diventata). Stava per azzannarlo quando...

«Merit, non farlo!» Una voce sotto di lei.

«Non farlo, controllati, quell'uccello non ti ha fatto nulla.»

Merit lasciò andare l'animale, che volò via spaventato.

«William, cosa fai qui?» domandò con l'innocenza di un bambino.

«Tu cosa pensi? Dai, scendi di lì.»

«Non ho resistito. William, hai visto che ieri sera c'erano ragazze che offrivano il loro sangue per soldi?»

«Non pensarci neanche, tu non puoi, non sai ancora controllarti, se continui così finirai per uccidere qualcuno. Devi avere più controllo, piccola.»

«Hai ragione. Facciamo a chi arriva prima al castello?» E partì come un fulmine senza aspettare risposta.

Arrivò per prima. O era più brava oppure il suo ragazzo l'aveva fatta vincere. La seconda ipotesi era più probabile.

«Ragazzi, so dove si trova Rihana» disse Logan andando incontro a William e Merit.

«Ne avevamo già parlato prima» disse William.

«Dov'è? La voglio morta» s'intromise Merit.

«No piccola, dimenticatela per ora, siamo in pochi e sarebbe un suicidio affrontarla, abbiamo bisogno di un mezzo esercito e da soli non andiamo da nessuna parte.»

«Ok, ma prima o poi la farò pagare a lei e quei tre bastardi che mi hanno ammazzato» un attimo di pausa e poi continuò: «Bisogna solo pensare come. Dunque, Roberto e Melody sono in viaggio, perciò non possiamo contattarli, che ne dici di chiederli a Black?»

«Ci sarà un prezzo alto da pagare, lo conosco.»

«Gli posso dare la mia auto, dei soldi, accetterà vedrai.»

«Ma si, tentare non nuoce, il peggio che può capitare è un no come risposta. Prendiamo l'aereo, si va in Alaska.»

Quando arrivarono davanti al palazzo di Black, c'erano le solite guardie e, per entrare la soli trafila. Black era seduto su una poltrona dorata del suo colore preferito, Merit sentiva il suo profumo a distanza.

«Benvenuti, che piacere vedervi, a cosa devo questo onore? Oh Merit, non sento il tuo cuore, sei una vampira ora, che ti è successo?»

«Ti racconterò i dettagli un'altra volta. Ora vorrei chiederti una cosa, se possibile.»

«Ti ascolto.»

«Mi voglio vendicare delle persone che mi hanno ucciso costringendo William a trasformarmi per salvarmi. Sono Rihana e i suoi uomini. Le guardie di William hanno tradito nonostante il giuramento.»

«Ok, ma io che centro?»

«Ti chiediamo in prestito una trentina dei tuoi migliori soldati.»

Black si alzò, si grattò la fronte e cominciò a camminare avanti e indietro, poi parlò: «Ragazzi, è un rischio enorme, qualcuno se non molti dei miei uomini potrebbero morire.»

«Metti un prezzo, ti pagherò» disse William visibilmente agitato.

Black lo guardò, poi guardò Merit a lungo, poi chiese: «Dove si trova Rihana?»

«Se ne sta occupando Logan» rispose prontamente William.

«Ho deciso, ti darò trentacinque uomini dei migliori, ma in cambio il prezzo sarà per te piuttosto alto: voglio passare un'intera notte con Merit.»

«Tu sei pazzo, non se ne parla nemmeno. È la mia ragazza!» Ma Merit intervenne con decisione.

«Ci sto! Scusami William, ma è la mia guerra e se questo è il prezzo, lo pagherò.»

«Il mio autista verrà a prenderti domani al tramonto.»

«Sei un figlio di puttana, Blak» disse William infastidito e digrignando i denti.

«Un affare è un affare, altrimenti salta l'accordo.»

Arrivarono a casa, William non parlava, era arrabbiato.

«William, pensaci, non abbiamo soldati, Rihana può attaccarci in qualunque momento se viene a sapere che sono ancora viva, può prendersela ancora con me o con tua sorella. Siamo indifesi adesso e lei lo sa, meglio farla fuori, non ti pare? Io ti amo, questo Black lo sa e chissà, magari vuole solo giocare a scacchi.»

William l'abbracciò.

«Guardati le spalle, piccola, ti amo.»

Per l'occasione scelse un abito Armani in pizzo blu lungo fino al ginocchio, molto elegante. Scarpe alte. Ma in effetti non sapeva che stava facendo.

L'autista arrivò puntuale e disse a William che l'avrebbe riaccompagnata prima dell'alba e che sarebbero arrivati i trentacinque soldati come concordato. Merit salì in auto, si voltò a dare un altro saluto a William, e partì.

Bene, certo ora è tardi per tirarsi indietro, pensò, ma la mia vendetta è vicina. Mi hanno resa un mostro e la pagheranno anche a costo di andare a letto con Black. Non sapeva cosa l'aspettava ma continuava a ripetersi che sarebbe andato tutto bene.

Guardò dal finestrino, *questa non è la strada giusta.*

«Scusi, ma dove stiamo andando?»

«All'aeroporto, il Signor Black la sta aspettando nel suo aereo privato.»

Arrivarono, e l'autista si fermò proprio davanti alla scaletta dell'aereo. Salì e c'era Black con uno scotch in mano, in smoking, molto bello ed elegante.

«Vieni, siediti vicino a me, non mordo mica.»

«Si può sapere dove stiamo andando, Black?»

«Prima cosa chiamami Gregory. Stiamo andando su un'isola, c'è una festa di gala. Tutti amici miei e tu sarai la mia compagna per la serata. Non so cosa ti eri messa in testa, ma puoi rilassarti. Bevi un bicchiere di champagne.»

«Non ho portato nessun vestito da sera.»

«Non preoccuparti, ho pensato a tutto io. Arriveremo tra un ora.»

L'aeroporto non era grande, come l'isola, ma sufficiente.

Un castello primeggiava in cima all'altura più alta, ed un paio di alberghi e poche case completavano il tutto.

Arrivarono in cima.

«Merit, viene a vedere che panorama stupendo.»

Lo raggiunse, e fu una meraviglia: visto dall'alto, il castello apparve in tutta la sua maestosa imponenza.

Entrarono in un albergo e la persona alla reception consegnò una chiave a Merit. Guardò Black con espressione interrogativa.

«Vai pure, in camera troverai tutto quello che ti serve. Io ti aspetto al bar.»

La camera era molto elegante, sopra il letto c'erano tre vistiti da sera da scegliere: uno rosso, uno nero e l'altro dorato, tutti e tre lunghi fino alle caviglie. Per ogni abito c'erano le scarpe abbinate. Merit non ebbe alcuna esitazione, scelse quello dorato, il suo preferito. Il gioco era iniziato, e lei sapeva giocare molto bene.

Si vestì, molto bello: schiena scoperta e scollatura profonda. Raccolse i capelli e poi si truccò (la valigetta era opera di Black, aveva pensato proprio a tutto).

Scese e si diresse al bar, lui la stava aspettando e la passò in rassegna, dalla testa ai piedi. Restò letteralmente affascinato.

«Sei incantevole, ottima scelta per il vestito intendo, permettimi di dirti che sei più carina da vampira.»

Camminarono a braccetto lungo il corridoio fino al grande salone dove la festa ferveva. Entrarono dal giardino, molto curato con una sontuosa fontana nel mezzo e con un pipistrello in pietra sulla sommità. Delle panchine in ferro battuto facevano da contorno ed il tutto racchiuso da siepi che facevano da recinto. La scala, rivestita da una moquette rosso sangue, portava fin dentro la sala. Un maestoso lampadario in cristallo proprio nel mezzo, illuminava l'ambiente di quel castello (non recente, poteva risalire a non più di trent'anni prima).

«Merit, ti presento miei amici.»

Black raggiunse una persona: «Signore, vi presento Merit Logan.»

«Piacere di conoscerti. Molto carina la tua ragazza Gregory.»
Merit lo guardò con un sorrisetto che ai più attenti poteva sembrare un po' forzato.
«Logan, anni fa ho conosciuto un medico con questo cognome.»
«È mio padre» rispose Merit.
Sentì poi la mano di Black sulla sua schiena nuda che spingeva delicatamente.

«Vieni, andiamo a bere qualcosa» disse sussurrandoglielo in un orecchio, decisamente sensuale e Merit lo sottolineò: «Sei come sempre molto elegante», quello smoking gli stava veramente bene.

«Ho sentito il tuo ragazzo. I soldati sono arrivati al castello. Credo che l'accordo sia stato rispettato da entrambi. A me serviva una compagna per la festa e sai che non farei mai niente che tu non voglia, sono un gentiluomo.»

«Lo so, anche se non immaginavo di andare ad una festa, pensavo più ad una partita a scacchi.»

La sua risata fu divertente e trascinante, poi la invitò a ballare. Niente valzer, solo musica lenta e moderna. Lui aveva una mano sulla vita di lei e l'altra sulla schiena e lei aveva le mani sulle spalle di lui. Era più alto e appoggiò la testa sul suo petto, forte e muscoloso, profumava di pulito e colonia.

Ballarono almeno cinque brani di seguito, poi le prese la mano e l'accompagnò in giardino a prendere un po' d'aria fresca.

«Sediamoci qui sulla panchina», disse Black.

«Sarebbe meglio sulla spiaggia, non è lontana e a me piace molto il rumore del mare.»

Forse erano troppo eleganti per sedersi su della sabbia, Merit pensò che dicesse di no, ma la prese per mano e corsero verso il mare. Arrivati sulla spiaggia, si tolse la giacca, la distese e tutti e due si sedettero. L'atmosfera era straordinaria.

«Meraviglioso» disse lui.

«Che cosa è meraviglioso?»

«Questo panorama è meraviglioso.»

«Gregory, perché non hai una ragazza? Non capisco.»

«La colpa è mia, mi annoio subito e quindi durano pochissimo, preferisco fare un patto con chi mi piace.»

Se Merit fosse stata ancora umana, sarebbe arrossita, ma riuscì ad evitarlo.

«E così è stato William a trasformarti.»

«Praticamente ero morta, non ha avuto altra scelta. Al suo posto avrei fatto lo stesso.»

Merit raccontò la sua vita di prima, di quello che le piaceva, camminare sotto il sole, vivere durante il giorno ed altre cose che non potrà più fare.

«Capisco, noi siamo pipistrelli della notte, viviamo nelle tenebre.» Il suo sguardo si fece intenso, stava per baciarla, ma lei lo evitò scostando il viso.

«Ho un poco di sete» disse Merit spostando il momento su tutt'altro piano.

«Hai mai assaggiato sangue umano?»

«No, ho paura di non potermi controllare.»

La prese per mano e tornarono alla festa, come una vera coppia.

In una sala adiacente c'erano quattro umani: due ragazze e due ragazzi bellissimi. «Scegli chi vuoi, io starò qui con te» disse Black. Merit si avvicinò ad un ragazzo, sentiva il suo sangue pulsare, lei aveva le zanne pronte. Si avventò affondando i canini in quel tenero collo, il ragazzo emise un gemito. Il sangue era caldo, dolce, lo sentiva scendere in gola. Poi si allontanò.

«Sei stata brava, Merit, adesso tocca a me.»

Si avvicinò ad una ragazza, molto carina, e fece la stessa cosa. Inaspettatamente Merit, vedendo tutto questo si eccitò. Mai avrebbe potuto immaginarlo. Black diede dei soldi ai ragazzi, poi prese Merit per le braccia, la tirò a sé e la baciò. Anche lui era eccitato in modo inequivocabile.

«Scusa Merit, ma non ho resistito, sei così carina.»

«Ragazzi, ha ufficialmente inizio un gioco» disse una proveniente dal salone.

Nelle varie stanze del castello si praticava un gioco diverso, a seconda dei gusti. In una si giocava d'azzardo, in un'altra si tirava di scherma, in un'altra ancora si giocava a scacchi, insomma ce n'era per tutti i gusti. Così gli ospiti si sparpagliarono per tutte le camere.

Si divertirono molto e poi, ancora a ballare. Corpo a corpo, abbracciati. «Manca poco all'alba, ed io ho promesso di riportarti indietro. Torniamo in albergo, così ti cambi» disse interrompendo quell'atmosfera magica.

Merit, in camera da sola e Black in quella accanto, si fece una doccia. Uscita da bagno notò che sul letto c'era una rosa che prima non c'era. Il biglietto diceva:

Sono stato molto bene con te. Gregory.

Si rimise i propri abiti ed uscì dalla stanza con la rosa in mano. L'ora di Cenerentola era scoccata. Spero di lasciare l'isola al più presto, disse tra sé. Trovò Black e lo ringraziò per quel gesto..

Sull'aereo erano seduti uno accanto all'altra. «Anch'io sono stata molto bene, mi sono divertita molto.»

L'aereo decollò per tempo. Arrivarono che era ancora buio.

«Merit, l'autista ti aspetta, ma vorrei ancora una cosa da te. Voglio portarmi via un souvenir di quella festa, vorrei un ultimo bacio. Manca davvero poco per finire la serata.»

Merit sorrise e lo baciò con trasporto. Poi Black le sussurrò: «Che peccato però, non abbiamo fatto l'amore. Sarà per un'altra volta.»

«Non ci sarà una prossima volta, Gregory Black.»

«Non si sa mai, siamo immortali, Merit, ricorda abbiamo tutta l'eternità davanti.»

Scese dall'aereo e salì nella macchina che l'avrebbe portata dal suo William. Per strada pensò alla serata e che era stata davvero bene. E il bacio? Cosa non si farebbe per una giusta causa. All'autista disse di lasciarla un po' prima che avrebbe fatto due passi. Voleva camminare. Nel primo cassonetto che trovò, buttò fiore e biglietto.

Appena entrata, William, seduto sul divano, chiese: «Com'è andata?»

«Ciao anche a te» rispose con un sorriso «Black è stato meraviglioso con me, un autentico gentiluomo, dolce, gentile. Siamo andati ad una festa. Quanto manca all'alba?.»

William guardò l'orologio «Venti minuti.»

«Siamo in tempo, andiamo al letto» disse Merit trascinandolo. Avrebbe fatto l'amore con l'uomo più importante della sua vita, l'uomo che amava più di ogni altra cosa.

TREDICESIMA PARTE

Il giorno dopo, Merit andò in palestra dove gli uomini di Black erano riuniti. Si stavano allenando. Molti di loro erano di pelle scura e tutti erano sufficientemente muscolosi e forti. Black aveva una bella squadra. Uno di loro si rivolse a lei dicendo: «Ho sentito parlare di te, Merit, mi hanno detto che sai combattere molto bene.»

«Se questa è una sfida, ci sto.»

Fu un combattimento corpo a corpo, tutti fecero un cerchio intorno a loro. Da vampira era molto più forte. La lotta iniziò, ma non durò molto, dopo qualche minuto lui era al tappeto e lei sopra di lui. Applaudirono tutti.

Il ragazzo si rialzò e disse: «Complementi, sei stata molto brava.»

«Nessuno può battermi, tienilo a mente. Tenetelo a mente tutti quanti.»

«Ora basta», era William. Si girarono tutti e videro il Maestro che portava divise del casato Grey per tutti. Il loro piccolo esercito doveva essere riconoscibile. Rihana non doveva avere dubbi su di chi sarebbe stata la forza devastante che l'avrebbe travolta.

«Merit, puoi venire con me?»

Lo seguì fino alla sala delle armi. William prese una katana e gliela diede in mano. Era uguale alla sua ed erano incise le sue iniziali.

«Questa è per te, sei una vampira, e sei anche la più forte che io abbia mai visto. Ero in palestra poco fa ed ho visto con che facilità hai messo al tappeto quel ragazzo.»

«William, è solo fortuna.»

«Non è fortuna, credimi, ho una certa esperienza.»

«Grazie per questa meraviglia di katana, scriverò sopra il nome di Rihana e la userò per eliminarla da questo mondo.»

«Merit, tu non puoi farlo, spetta a me farlo, per caso hai letto le regole dei vampiri?»

«Le regole sono fatte per essere infrante, mio principe» rispose Merit con un sorrisetto beffardo.

Apparve Alex.

«William, devo fare una perlustrazione della casa di Rihana.»

«Vengo con te» disse subito Merit.

«Mi raccomando piccola, rimani a distanza, non ti avvicinare per nessun motivo. Non possiamo perdere l'elemento sorpresa, non deve sapere che sei viva» disse William.

Rihana viveva in California in una casa molto grande situata a ridosso del mare, abbastanza vicina da sentire il dolce suono delle onde. Era circondata dal mare, se non altro il rumore del frangersi delle onde avrebbe coperto il loro arrivo.

«Alex, ti dirò, non mi dispiacerebbe vivere qua.»

«Puoi farlo, basta che ti allei con lei.»

«Nemmeno da morta. Guarda, ci sono tre guardie al cancello, che ne dici se le facciamo fuori subito?» «Scherzi? Vuoi che ci scoprano? E poi non sai quanti sono all'interno. Ho promesso al Maestro che non avremmo fatto niente di stupido, ci sono le telecamere»

«Ehi, quella guardia la conosco, quella a destra, l'ho vista al bar dove viviamo. Che ci faceva in Canada?»

«Ora andiamo, Merit, prima che ci vedano.»

Prima di ripartire, si fermarono in un negozio per acquistare dei vestiti. La città era bella movimentata. Poi passarono davanti a un bar.

«Entriamo, Alex, offro io» disse.

Dentro non c'era molta gente, si sedettero ad un tavolo e ordinarono da bere.

«Merit, raccontami della tua avventura con Black. Se al tuo posto ci fosse stata tua sorella, non l'avrei lasciata andare.»

«Alex, prima cosa Bonnie non è come me, lei non ha un carattere forte mentre io ho sempre fatto quello che volevo. Seconda cosa non è successo niente, siamo solo andati ad una festa.»

«Capisco, però tu non sapevi cosa sarebbe successo.»

«Alex, questa è la mia guerra, e vincerò, te lo posso giurare. Ti basta come risposta? E ti prego di non chiedermelo più.»

Poi vide entrare il ragazzo che era di guardia fuori dalla casa di Rihana.

«Stai qui seduto» disse ad Alex.

Andò a sedersi vicino lui facendo finta di non vederlo e chiese una birra. Lui la guardò e disse: «Sei di queste parti?»

«Tu si scommetto.»

«Ancora non so il tuo nome, io mi chiamo Antony.»

«Merit, piacere.»

«Lavoro da queste parti, nel casato di Rihana, è qui vicino. Adesso sono in pausa, e tu cosa fai da queste parti?»

«Sono venuta a trovare una mia amica. Com'è Rihana? Ho sentito molto parlare di lei.»

«Insopportabile, ma perché me lo chiedi?»

«Io non ho un casato e mi piacerebbe farne parte, quanti siete?»

«Siamo in totale ottanta, ma non te lo consiglio.»

Se avvicinò un uomo e Merit lo riconobbe come uno dei suoi aggressori. Fortunatamente non la riconobbe, si alzò e se ne andò con Alex che la seguì a ruota.

«Adesso ho le informazioni che volevo!»

Rientrati in Canada, Merit raccontò a William quanto successe in California.

«Non abbiamo abbastanza uomini» disse poi sconsolato.

«Loro non si aspettano il nostro arrivo, li possiamo sorprendere nel loro buco.»

«Devo pensare….»

Si rinchiuse nel suo ufficio per ore, e dopo, in palestra dove tutti, compresi gli uomini di Black, fece l'annuncio che tutti aspettavano:

«Domani si va in California!»

Merit pensò di andare a trovare la sorella prima di partire. Aveva come un presentimento, buono o cattivo ancora non lo sapeva, ma un qualcosa dentro non le dava pace. Sapeva solo che in quel momento voleva stare con Bonnie. Dopo l'ultimo incontro non si era comportata benissimo, appena trasformata e confusa ha lasciato la sorella con l'amaro nel cuore. Erano state sempre molto unite, grandi amiche leali prima ancora che sorelle. Adesso, rassegnata al suo inevitabile destino, voleva riprendere in mano la sua nuova vita.

Così si trovarono con i rispettivi fidanzati a passare una serata spensierata, come se il giorno dopo non potesse mai esistere nessuna guerra da combattere.

Prima di rientrare al castello, guardò in cielo, c'era luna piena e propose al suo fidanzato di andare in camera, e così fecero.

«Togliti i vestiti e sdraiati sul letto, assumo io il comando» disse Merit in modo imperativo. William era entusiasta.

«Chiudi gli occhi, e non aprirli fino a quando non te lo dico io.»

William era supino sul letto e Merit iniziò a baciarlo dalla bocca fino a raggiungere i suoi piedi. Guardava il suo corpo bianco e muscoloso, bello come un dio greco. Accarezzava ogni angolo fino ad avere qualcosa tra le mani, era eccitato.

«Piccola, sei fantastica» disse il ragazzo con un filo di voce.

«Sta zitto e rilassati.»

Il Maestro del casato Grey, era sottomesso al suo comando, eccitante.

«Girati!» e William obbedì.

Merit continuava a baciarlo, sulla schiena, sui glutei perfetti che sembravo colline su una distesa di neve, uno spettacolo stupendo.

«Girati ancora.»

Si buttò sopra di lui continuando a baciarlo. Trovò il suo collo e lui il mio. Condivisero il loro sangue ed un brivido le corse lungo la schiena. Stavano ora comunicando telepaticamente.

«Merit, sai che vuol dire tutto questo? Che siamo una sola anima.»

La luna piena li trasformò in due animali assetati di sesso e sangue, nei loro corpi bruciava una misteriosa dimensione oscura.

Era il giorno della partenza e tutti si radunarono in palestra.

«Merit, mi raccomando, prenditi cura di te, non avrai altre vite a disposizione questa volta. Stai attenta», William era visibilmente preoccupato, ma deciso.

«Lo terrò a mente.»

Si guardava intorno ed era orgogliosa, tutti in divisa, un'unica squadra pronta a tutto. Erano ben armati e Merit, con la katana legata sulla schiena, coltelli da lancio negli stivali, pistole con proiettili argentati alla cintura, era pronta a morire (un'altra volta), pur di portare a termine la sua vendetta.

Quasi a ridosso della casa di Rihana, Merit guardò in cielo stellato cercando consapevolmente la solita stella che questa volta era bianca.

Lampeggiava di luce intensa e non cambiava colore. Lei restò immobile aspettando un segno, forse l'angelo voleva dirle qualcosa, metterla in guardia, avvisarla di chissà cosa. Una voce alle spalle la riportò al presente: «Vai avanti, non fermarti» e proseguì pensierosa.

William era più indietro, allora si girò verso Alex che era vicino, alquanto nervoso e agitato e gli disse: «Torna indietro, vai da mia sorella, nessuno ti biasimerà.»

«Neanche per sogno, resto con te fino in fondo e ammazzeremo quella strega una volta per tutte.»

Di lì a pochi minuti iniziò il combattimento. I loro avversari li raggiunsero (forse erano stati visti mentre si avvicinavano). Merit impugnò la katana e con rabbia si scagliò su di loro. Prima uno, poi due, tre caddero sotto il fendenti di quella lama lucente. Un colpo alla schiena la sbilanciò, sentiva il sangue colare, ma non ci fece caso.

Poi vide Alex in evidente difficoltà, ne aveva addosso tre che infierivano. Mia sorella non sopporterebbe la solitudine, pensò, e corse ad aiutarlo e in una manciata di secondi quei tre era definitivamente fuori gioco. La soddisfazione però durò il tempo di un battito d'ali, più avanti c'era Logan a terra, stremato e apparentemente senza forze.

«Papà!» gridò Merit con quanto fiato aveva e correndo verso di lui. Lui si voltò a fatica e con un fil di voce: «Come... mi hai... chiamato?»

«Vieni, ti porto al furgone», avvisò Aron che era nei paraggi e cercò di sollevare il padre. Logan, appoggiato alla figlia camminava appena. «Ti porto al sicuro.»

«Ma tu... sei ferita.»

«Non preoccuparti, sto bene.»

Forse sì e forse no, ma sono pochi i modi per uccidere un vampiro: con una pallottola d'argento, un paletto di frassino nel cuore, essere decapitati, per il resto si guarisce in modo miracoloso.

Messo il padre in sicurezza, rientrò nel mezzo della battaglia con la sua katana insanguinata. Willian stava lottando con uno degli uomini che l'avevano uccisa. Si girò e la vide: «Piccola, questo è per te», e mentre pronunciava quelle parole, la sua lama penetrò lentamente nel cuore del suo avversario.

«Dove sono gli altri due?»

«Li ho visti laggiù, andiamo a prenderli.»

L'adrenalina saliva in modo esponenziale, l'odio che Merit provava era come un motore inarrestabile. Cercava l'uomo che l'aveva accoltellata e, in mezzo al caos, lo trovò. Lei si piazzò davanti a lui che alzò gli occhi riconoscendola: «Sei ancora viva quindi?, sembra che io sia stato clemente con te.»

«Mi hai preso disarmata, perché non ci riprovi adesso?»

Fece per scagliarsi contro, ma lei fu più rapida piazzandogli un proiettile dritto al cuore. Io non sbaglio un colpo, disse tra sé con un sorriso beffardo.

Intanto William era impegnato a fare più pulizia possibile di nemici. Merit avanzava verso il portico della casa. Improvvisamente vide Antony che con una spada in mano correva verso di lei. Voleva sicuramente attaccarla

«Cosa ci fai qua?, mi hai mentito! Un casato ce l'avevi, i Grey.»

«Ascoltami bene, dimmi dove trovo Rihana e non ti ucciderò.»

«Vai ammazzarla?»

«No, voglio solo parlarle, sai, è lei che ha ordinato di uccidermi.»

«È al piano di sopra, in camera sua» la voce era leggermente tremante.

«Mi sei debitore!» ed entrò nella casa con cautela e guardinga.

Stranamente non c'era nessuno all'interno, almeno in apparenza. I casi erano due: troppo sicura di sé oppure tutti erano fuori a combattere.

C'era uno strano odore, cannabis? Salì a passo felpato le scale fino a che non si trovò di fronte alla porta chiusa della camera. Si fermò un secondo a riflettere, voleva essere sicura di essere davvero pronta. Poi la decisione. Assestò un calcio violentissimo alla porta che cadde all'interno staccandosi dai cardini, ed entrò come una furia.

Lei era lì, sul letto con una ragazza.

«Vieni pure avanti, c'è tanto posto, il letto è grande. Così i miei uomini hanno fallito con te. Che devo fare? Non mi ubbidiscono mai», disse Rihana con una calma disarmante.

«Tu vattene via, non ce l'ho con te!» Disse Merit alla compagna di Rihana che scappò di corsa.

«Ora siamo solo io e te, e copriti, vederti nuda è nauseante» disse lanciandole un accappatoio.

«Ascoltami ragazzina, stai parlando con la Maestra del casato Rihana, un essere superiore. Cosa potresti mai farmi? Il principe non è qui, che peccato però, avrei fatto volentieri un pensierino su di lui.»

Le zanne di Merit si mostravano bianche e pericolose, gli occhi le bruciavano come carboni ardenti. Era pronta. Improvvisamente, più veloce di quanto Merit potesse aspettarsi, Rihana prese un coltello da sopra il comodino e lo scagliò inchiodandoglielo in una spalla. Lo sfilò quasi come un fastidio.

«Hai sbagliato mira, Maestra, il cuore non è lì.»

Rihana si infuriò per quello sfottimento.

Per tutta risposta, Merit prese un coltello dallo stivale.

«Prova con questo, magari sei più fortunata» e si avvicinò per darglielo, ma quando fu abbastanza vicina ed appena allungò la mano per prenderlo, le sferrò un calcio così violento che riuscì a scaraventarla contro la parete. La colpì poi in faccia, poi ancora e ancora. Accorsero due uomini per difenderla, ma con la pistola li eliminò che quasi non erano ancora entrati.

Mancava solo lei per compiere la vendetta. Rihana si alzò a fatica e Merit con la katana stretta tra le mani, sollevò in alto la lama.

«Questo è per quello che sono diventata: un mostro» ed abbassò con forza la katana su suo collo. La testa cadde con un tonfo rotolando contro la parete opposto.

La vendetta è compiuta. Ora era finalmente in pase e la guerra era finita.

Si avvicinò alla testa, gli occhi erano aperti, sembrava che ancora la sfidasse. Afferrò i capelli blu ed uscì dalla casa.

Come William fece con il fratello, Merit fece lo stesso con la sorella Rihana. Sollevò alta la testa dai capelli blu e gridò:

«Fermi!»

Tutti la guardarono stupefatti. Si fermarono e si inchinarono davanti a lei. All'improvviso una luce bianca scaturì dalla sua mano, una luce che per pochi secondi illuminò tutti loro. Merit non sapeva cosa stesse succedendo, ma tutti erano inginocchiati, compreso William. Si sentiva come una divinità. Guardò in cielo e la sua stella non era più bianca, ma di tanti colori che si alternavano.

Gli uomini di Riahana, ora erano sui: «Maestra, siamo al suo servizio» dissero con un'unica voce.

William si alzò e andò da lei. Alzò la mano e sentenziò:

«Merit, ti battezzo e ti nomino Maestra del casato Merit Logan.»

«Cosa? Stai scherzando?»

«È chiaro che tu non hai letto le regole dei vampiri anzi, forse non ricordi nemmeno dove le hai messe, ma sappi che quando si uccide un Maestro, se ne prende il posto. Ora starai qui, con i tuoi soldati. Succede così da secoli.»

«William, io voglio stare con te, vivere con te per sempre.»

«Piccola, adesso hai un impegno importante con questa gente. Devi fare in modo che loro ti rispettino, tu sei nata per questo, hai visto le tue mani che hanno emesso quella luce. Hai esperienza, intelligenza e freddezza, tutte qualità e condizioni per essere un Maestro.»

«William, tu vivrai in Canada ed io vivrò qui solo perché non ho letto quelle maledettissime regole?»

«Merit, io te amo, non ha importanza dove vivrai, guarda questa bella casa, circondata dal mare come piace a te. Ci vedremo nei fine settimana.»

Gli uomini di Black se n'erano andati e quelli di Merit aspettavano immobili che lei dicesse qualcosa. Ma che cavolo, pensò, e adesso che faccio? Ho combinato proprio un bel guaio.

Iniziò col capire quanti uomini le erano rimasti, ma uno di loro la precedette: «Maestra, da ottanta, siamo rimasti in settantina» quindici erano donne.

William e i suoi se ne andarono e lei rimase sola. La casa aveva un odore sgradevole, i mobili orribili. Non vivevano tutti nella casa per quanto grande, c'era una specie di condominio vicino e quasi tutti abitavano lì. Nella casa c'era anche un'ampia taverna, ma era sporca. Antony le fece vedere la cassaforte, ricolma di denaro e gioielli. Tutti i Maestri percepiscono un sostanzioso stipendio da parte del comitato.

Iniziò quindi ad esercitare il ruolo che ora le apparteneva. E lo fece con un comunicato.

«Ragazzi, nomino Antony come mio secondo, voglio questa casa più pulita possibile, voglio mobili moderni, taverna pulita e ridipinta, con un biliardo, tavoli e sedie, un bar ed un frigorifero pieno di birra.»

Gli brillavano gli occhi, poi continuò: «Mi trasferirò tra un paio di giorni e per allora vi voglio tutti con una nuova divisa. Buona serata a tutti.»

Tornò al castello dove, il secondo giorno, le avevano preparato una grande festa, con tanto di regali e balli.

Come ai vecchi tempi andò in giardino a fare una passeggiata. Si sedette su una panchina e pianse. Arrivò William.

«Piccola, che te succede? È la tua serata.»

«Non voglio andarmene, voi siete la mia famiglia.»

«E continuerai ad esserlo, hai il tuo casato ora. Spero solo che non comanderai i tuoi ragazzi come facevi con me» disse con un sorriso.

Anche Bonnie e Alex si avvicinarono e la abbracciarono.

«Sei la migliore sorella del mondo, sono fiera de te.»

«Prima di andare, vorrei avere il piacere di ballare con mia figlia», disse Logan anche lui nei paraggi. Così Logan prese Merit per mano e l'accompagnò all'interno. Suonavano un valzer e a Merit le si riempirono gli occhi di lacrime.

«Papà, viene a trovarmi quando voi, ok?»

«Lo farò senz'altro, bambina mia, sono orgoglioso di te, adesso hai un casato tutto tuo.»

William la prese per mano: «È ora di andare in aeroporto.»

Salutò tutti e salì in auto con William. Lo baciò prima di salire in aereo.

«Ricordati Merit, questo è tutt'altro che un addio.»

Era l'inizio di una nuova vita.

Arrivata alla sua nuova casa, trovò tutti i suoi soldati che la stavano aspettando e quando scese dalla macchina, scoppiò un fragoroso applauso. Erano tutti perfettamente allineati con divise blu con sul petto uno scudo argentato e le sue iniziali.

Entrò e sembrava un'altra casa. Profumo di pulito, mobili nuovi in buon ordine, fiori ovunque. Ottimo lavoro, pensò. Poi la sua attenzione fu richiamata da un ramo enorme di rose rosse. Un biglietto era messo in evidenza:

Congratulazioni per il tuo battesimo a Maestra del casato.

Con affetto, Gregory Black.

Antony l'accompagnò in taverna. Bellissima, esattamente come la voleva. Doveva essere uno svago per loro in effetti.

«Ragazzi, oggi si fa festa!»

Loro furono felicissimi, e anche Merit, era importante iniziare con il piede giusto.

Andò in camera, irriconoscibile dall'ultima volta che la vide. Dalle finestre si vedeva il mare, poi guardò l'angolo da cui raccolse la testa di Rihana e sorrise. Non c'era più traccia di nulla, tutto nuovo e fresco. Una camera degna di una Maestra.

Bussarono alla porta, era Antony.

«Merit, c'è una persona che ti cerca.»

«Falla entrare.»

«Gliel'ho detto, ma non vuole, ti aspetta fuori.»

Uscì e subito sentì un profumo di gelsomino, un ragazzo con i capelli biondi lunghi l'aspettava seduto sopra un masso sulla spiaggia. Si girò e vedendola le corse incontro abbracciandola.

«Lucifero, mi sei mancato.»

«Il tuo cuore non batte più, ora sei importante, una Maestra.»

«Che cosa è successo? Ti hanno tagliato di nuovo le ali?»

«Già, non mi sono comportato molto bene. Ieri ho cercato di avvertirti che qualcosa stava per succederti. Sono stato io a fare uscire quella luce, ma questo tienilo per te. In paradiso non l'hanno presa molto bene e mi hanno ributtato giù.» Merit iniziò a ridere.

«Sono contenta che tu sia qui, e adesso?»

«Solita trafila: buone azioni, innamorarmi di nuovo anche stavolta non potrai essere tu, non sarà facile. Verrò comunque a trovarti finché potrò. Qui come ti trovi?»

«È la prima sera, adesso c'è una festa, sembra tutto tranquillo, ho più soldati di tutti.»

Antony si avvicinò: «Merit, viene a ballare con noi?»

Merit annuì, poi si rivolse al ragazzo biondo: «Viene anche tu, come devo chiamarti?»

«Mi piacerebbe, ma non posso frequentare luoghi di vampiri. Chiamami Uber, prima che abbia di nuovo le mie ali. Ora vado, ma ti verrò a trovare.»

Merit lo baciò «Ti aspetterò», e rientrò alla festa.

Gli esseri umani, alla fine non tolleravano mescolarsi con i vampiri e per evitare una guerra senza vincitori, i vampiri ritornarono nell'ombra. Col passare degli anni, tutto tornò come prima, le nuove generazioni non seppero mai quello che successe.

Un episodio le ritornò in mente:

William, dopo che Merit si trasferì, non aveva più intenzione di vivere al castello. Lo chiuse e, con Aron si trasferì vicino alla casa di Bonnie nella foresta. Merit, tutti i fine settimana andava a trovare il suo fidanzato ed un giorno volle rivedere il castello da vicino. Voleva

rivivere i ricordi legati a quel luogo fantastico. Vicino dei ragazzi scattavano fotografie, finché uno di loro si rivolse a lei chiedendo:
«Signorina, e vero che dentro ci sono dei vampiri?»
«Io non credo a queste cose, è solo una leggenda.»
Poi si voltò, e se ne andò con un sorrisetto sulle labbra.

FINE

Monica Jacqueline Boerr – Merit

NOTE DELL'AUTORE

Questo libro, frutto della mia fantasia, l'ho scritto con molti sacrifici, da sola. Spero ne sia valsa la pena, e spero anche che vi sia piaciuto come è piaciuto a me.

Ringrazio mio marito, che dall'inizio ha creduto in me e mi ha supportato durante la stesura.

Made in the USA
Middletown, DE
18 February 2022